完璧CEOの溺愛シンデレラ

マジメで地味な秘書は恋愛対象外?!

玉紀 直

Illustration

ゴゴちゃん

gabriella plus

完璧CEOの溺愛シンデレラ マジメで地味な秘書は恋愛対象外?!

contents

gabriella plus

イラスト／ゴゴちゃん

完璧CEOの溺愛シンデレラ

マジメで地味な秘書は恋愛対象外?!

プロローグ

「君は俺の好みではないようだ」

向けられた言葉に対しとっさに湧《わ》き上がったのは、言われなくても自分を美人だと思ったことはない……という冷静な感情だった。

二十七年も女性として生きていれば、いくらなんでも一度くらいは自分の容姿に対してポジティブな感情を持った経験があってもよさそうなもの。

気分よく自分基準でメイクが上手《うま》くいった日、新しい服が思ったより似合っていたとき、ちょっと気になっている異性に好意的な笑みを向けられたとき……など。

が、しかし、森城沙良《もりしろさら》にはそのいずれの経験もない。

基本的に自分の容姿にあまり興味がないのである。

それなので、ズバッと「好みではない」と言われても、「ああ、そうですか」としか思わない。

それでもわずかにムカッとしてしまうのは、今言われるべき言葉ではないからだろう。

まさか、ＣＥＯ秘書の面接試験中に、そんな言葉をかけられるとは思わなかった。

通された小会議室は、小、と名がつくとはいえ一人が面接を受けるにはとても広い。堅苦しさを感じさせないＩＴ企業らしく、ポップでセンスのいいオフィスツールでコーディネートされている。

面接を受けているのは沙良一人だが、部屋の外にはこれから面接を受ける数人が待機している。沙良の前にも数人いたので、たった一人の募集枠に対してかなりの倍率になっているようだ。

名の知れたＩＴ企業。そのＣＥＯの秘書募集となれば、競争率が高いのも当然だろう。

沙良の目の前には三人の男性がいる。それぞれスーツ姿だが、中央と左側の二人はノーネクタイでラフな印象。右の一人だけが三つ揃《そろ》えにネクタイを締《し》め、厳粛《げんしゅく》な雰囲気を漂わせていた。

先の場違いなセリフを発した本人、ウォルシュラインCo.,Ltd.の最高経営責任者《CEO》、桐ケ谷《きりがや》壮《そう》である。

自分の秘書となる人間を見極《みきわ》めるために、自ら選考に参戦しているのだろう。

(これは……セクハラ面接ってやつ？　自分の好みじゃないから、お呼びじゃないってこと？)

長いこと派遣社員として働いてきた。派遣先との顔合わせの席で、ときに失礼な発言を受けたこともある。

正規雇用《せいきこよう》を目指して面接を繰り返していた派遣仲間には、面接でセクハラまがいの扱いを受けたという話も聞いたことがある。

……しかしまさか、自分がそれを受ける日がくるとは……。

ＣＥＯの発言に驚いたのか、他の二人は出す言葉を失い彼を窺《うかが》い見ている。当の桐ケ谷ＣＥＯは自分の発言に少しの申し訳なさも見せることなく、ジッと沙良に視線をくれていた。

初対面の女性に「好みじゃない」と言い切るだけあって、己に自信を持っていてもまったく不思議ではないレベルの美丈夫《びじょうふ》だ。

座っていてもわかるのは、他の二人よりも体格がよく明らかに脚も長い。沙良だって一六〇センチ強の身長があって女友達の中では大き目なほうだが、彼は明らかに一八〇センチ以上あるように思う。

ゆるくサイドに流された髪はスタイリストでもいるんですかと聞きたくなるくらい決まっており、何気なくすれ違ったなら確実に五度見以上されてしまいそうな整った相貌が、あますところなく目に入ってくる。

イケメン好きの友人なら、一目見ただけで頬《ほお》を染めて凝視《ぎょうし》するだろう。

しかし興味のないものにはとことん興味を持たない沙良としては、赤くなるどころか顔色ひとつ変わらない。

好みじゃないと面と向かって言われたということは、このＣＥＯは自分好みの女性を秘書にしたかったと解釈して間違いない。

好みじゃないなら好みじゃなくて結構《けっこう》。

——望むところだ。

「おそれいります」

なにもなかったように一言発し、沙良は軽く頭を下げる。後頭部でひとつに束《たば》ねていた髪がさらっと頬に流れ、やはりバレッタでしっかりと留《と》めてくるべきだったかと後悔するが、不採用確定の今、すでに身だしなみなど気にならなかった。

そんな気持ちの表れか、顔を上げた沙良は桐ケ谷ＣＥＯを強く見据えた。

「お言葉ではございますが、わたしも、桐ケ谷ＣＥＯは好みではございません」

売り言葉に買い言葉のつもりでも、捨《す》て台詞《ぜりふ》のつもりではなかったが、どうせなら言いたいことを言ってスッキリとした状態で面接を終えたい。

それだけの気持ちだった。

端整《たんせい》な顔が、わずかに双眸《そうぼう》を大きくする。他の二人が明らかに驚いた顔で沙良を見た。おそらく、すぐに出て行けと怒鳴《どな》られることだろう。動揺してはいけない。冷静に退室すればいいだけだ。

立ち上がる準備をする沙良に反して、先に立ち上がったのは桐ケ谷ＣＥＯのほうだった。彼は自分の様子を窺う二人に指示を出す。

「秘書は決まった。面接待ちをしている者はすべて帰せ」

二人は驚いて目を丸くしたが、すぐに対応すべく立ち上がる。一人立ち上がるタイミングを失った沙良は、そのまま桐ケ谷を目で追った。

すると、彼が目の前に立って右手を差し出したのである。

「採用だ。明日からで大丈夫か？」

「え……さいよう……、採用、ですか？」

沙良は目をぱちくりとさせる。眼鏡がずれ落ちていることに気づき、慌《あわ》ててブリッジを指で押し上げた。

採用。……採用と言ったか。間違いなく不採用だと感じたのに。

「そんなに驚くな。不服か？」

「い……いいえ、ありがとうございます」

「よろしく頼む。森城沙良君」

「よろしくお願いいたしますっ……。桐ケ谷ＣＥＯ」

慌《あわ》てて立ち上がり頭を下げる。相変わらず手を差し出されていることに焦《あせ》って、おそるおそる右手を出した。

控《ひか》えめな小さな手を、大きな手がしっかりと包む。その力強さと予想外の温かさに驚いて、先ほどの失礼な発言も忘れそうになったとき……。

「秘書としての条件は、俺に惚《ほ》れないことだ。忘れるな」

「は……はい……」

本当に自惚《うぬぼ》れが強いのだろうか。それとも冗談なのだろうか……。

（まあ……採用なら、それに越《こ》したことはないし……）

不可解な条件を快諾《かいだく》し、沙良は見事採用となったのである。

第一章　完璧ＣＥＯと鉄壁秘書

「あんたみたいな役立たず、パパに言ってクビにしてもらうからね！」

まさか本当に、こんな言葉を口にする人間が実在するとは……。

その瞬間、エントランス全体が静まりかえりビルに出入りする人たちの足が止まったのは、今の怒鳴り声に恐れをなしたからではない。

――これって、漫画やドラマに出てくる我《わ》が儘《まま》お嬢様限定の常套句《じょうとうく》、ってわけじゃなかったんだ！

……そんな気持ちがあったからだ。

白を基調にした明るいエントランスは、そこに黒をさしていくことで洗練された空間が演出されている。

入口から奥へと進む壁には世界地図の形が施《ほどこ》された磨《す》りガラスがはめられ、そこはかとないエグゼクティブな雰囲気が外資系企業らしくもあった。

そんなエントランスにいる人間たちをぽかんとさせた当人は、インフォメーションセンターのカウンターから身を乗り出し、内側で姿勢よく直立する女性を睨《にら》みつけている。

マロン色にカラーリングされた髪はウィッグではないかと勘違いしてしまいそうなほどに綺麗《きれい》な内巻《うちまき》をつくり、そんなに怒って体温を上げたらマスカラが溶けてしまいますよと注意をしたくなるレベルで、くっきりした瞳が印象的だ。

ファッション雑誌で話題になっているブランドの服に身を包み、態度が大きくても身体は細い彼女はまだ二十代前半。我が儘いっぱい育ってきました、と言わんばかりの女王様気質《きしつ》がダダ漏れである。

あまりにも居丈高《いたけだか》すぎる態度に周囲は引き気味だ。それでもカウンター内で応対する女性は、背を正したまま微動《びどう》だにしない。

お嬢様の勢いに押されているというわけではない。現に女性の表情には、焦りひとつ戸惑いひとつ見られなかった。

「なんとか言いなさい！　わざわざ会いにきた社長の客を、話も通さずに『帰れ』とか、ありえない！　馬鹿じゃないの⁉　受付に座ってるしか仕事がないんだから、そのくらいちゃんとやりなさいよ！」

「先程《さきほど》も申し上げましたが、お客様、アポイントメントは取られていらっしゃいませんよね？」

「それがなんなのよ！　そんなものあたしには……！」

「アポがなければお通しすることはできません。スケジュールの妨《さまた》げにもなります」

「なによ偉そうに！　社長の秘書でもあるまいし！」

金切声《かなきりごえ》とは、こういう声をいうのだ。お嬢様は自慢のネイルが傷《いた》むのも忘れて勢いよくカウンターを叩《たた》く。——直後それに気づいたのか、慌てて両手を表裏とひっくり返して無事を確認していた。

その行動があまりにも滑稽《こっけい》で、見ていた数人が堪《た》えきれずに噴《ふ》き出す。笑われたと気づいたのだろう。お嬢様は気を取り直し、モデル立ちになって腰に手をあてると、肩にかかる髪を片手で払い斜《しゃ》に構えて女性を嘲笑《あざわら》った。

「ああそうか、あんた、桐ケ谷社長が好きなんでしょう。だから女が会いにきても通さないんだ？　嫉妬《しっと》で嫌《いや》がらせ？　受付にいたって話しかけてももらえないんでしょう、かわいそうに。無理もないよねぇ、いるのかいないのかわかんないような地味な女じゃね！」

これもまた、こんな根性がささくれ立ったセリフを平気な顔で吐ける人間が実在するのだと、驚かざるをえない。

——少なくとも、密《ひそ》かに様子を窺っている桐ケ谷壮は、笑いだしそうになるのを堪《こら》えるのが大変だ。

壮が傍観場所にしているのはインフォメーションセンターから離れた柱の陰《かげ》だが、背が高くそのぶん精悍《せいかん》で目立つ男だ。なにもしないで立っているだけでも目を引いてしまう男前の美丈夫である。

お嬢様もカウンターの女性に突っかからなければ、すぐに意中の人の姿に気づいたことだろう。

面倒な騒ぎはごめんだ。本来ならばすぐに壮が出ていって、上手くお嬢様を社外に連れ出し舌先三寸《したさきさんずん》で帰せばいい。

しかし、彼の秘書は、その案を善《よ》しとしなかった。

（運が悪いな……）

壮は口角を上げ、狡猾《こうかつ》な視線を騒ぎの中心へ向ける。

（よりによって、彼女に応対されるとは……）

壮の目に映《うつ》るのは、どんな煽《あお》りにも蔑《さげす》みにも動じず、背筋を伸ばして立つ女性の姿。

長い黒髪をうしろでひとつにまとめ、ナチュラルメイクがナチュラルすぎて味気ない。いつもかけているメガネがフォックス型であるせいか、それとももともとか、少々強気で固い印象がある。

そこに濃紺《のうこん》の上下スーツとなれば地味な雰囲気は強調される。

見るからに派手なお嬢様が嘲笑の餌《えさ》にするのは当然のこと。

しかし、壮は知っている。

彼女は、こんなことにひるむ女性ではない……。

「弊社CEOに気持ちよく職務を進めていただくため、アポの調整も大切なことです。ご理解ください」

彼女は負けない。相変わらず冷静な声と態度で、目の前にあるアクシデントを排除《はいじょ》しようとしている。

この態度はさらにお嬢様の怒りを煽る。とうとう目を三角にし、鼻腔《びこう》を広げて鼻息荒く声を高くした。

「偉そうにしてんじゃないって言ってるでしょう！　秘書でもないくせに、あんたが消えなさい！　この能無し！」

ひどい言いようだ。しかし言われた当人は、ひるむどころか口元にだけ笑みを作った。

「申し訳ございません、お客様」

彼女は名刺入れを取り出し、一枚カウンターを滑《すべ》らせる。それに気づいたお嬢様は、目を見開き、二度三度と名刺を見直した。

「桐ケ谷CEOの秘書、森城沙良と申します。面会をご希望でしたら、後日、改めてアポをおとりになってください。よろしくお願いいたします」

最後に彼女の目尻がなごんだのは、これで解決だと悟《さと》ったからだろう……。

＊＊＊＊＊

（やれやれ……）

腹立ちまぎれに大きく鳴らされるヒール音が、エントランスから消えていく。

勢いで左右に揺れるマロンブラウンの髪を見送る沙良は、毅然《きぜん》とした表情を保《たも》っていた。

（シャンプーのコマーシャルに出られそうなくらい綺麗な髪だけど、うしろから見たら本当に栗《くり》みたい）

沙良の頭の中で、少々縦長の栗の実が風に揺られて左右に動く。あまりにもゆらゆらしすぎてコロンと一回転……しそうになったところで、カウンターの隅で待機していた本来の受付嬢に声をかけられた。

「ありがとうございました。よかったです、森城さんが通りかかってくれて」

胸をなでおろし、心からホッとしている。確かにあの勢いでぐいぐいこられたら、いくら慣れた受付嬢でも困ってしまうだろう。

アポがない者は通すなと指示されていても、そこは臨機《りんき》応変にさばいていくのがインフォメーションセンターの役目。しかしいかにも〝CEOの特別な女でございます〟という態度でこられた日には判断に迷う。

通りかかったというよりは、手配していた車を確認して外からビル内に戻ろうとしていたというのが正しい。

そのとき足取りも勇ましいヒール音を響かせてエントランスへ入っていく、女性の姿を見つけたのである。

女性の顔を見てすぐに誰かを悟り、本来の受付嬢を困惑させているところへ割って入ったのだった。

「いいえ、こちらこそ。もしまた今の方が来たら、『秘書の森城に確認を取ります』って威嚇《いかく》してください」

笑顔でカウンターを出ると、面白そうに見ていた社員たちも動きだす。

受付嬢が話しかけてくれて助かった。あのままだと、脳内で転がった栗のせいで笑いだしてしまうところだった。

「さすが。森城女史」

「先日も、うちのSEがセクハラされたって、クライアント先の社長に謝罪させたの、彼女だったな」

「あのお嬢さんも不運だな。よりによって森城女史に捕まるとは。CEOに会いたかったんだろう?」

「うちのCEO、いい男だから仕方がないけど、鉄壁《てっぺき》秘書が守りを固めているし。なかなか会えないだろうさ」

聞こえているとは思っていないのか、または聞こえていても気にしないだろうと思っているのか、立ち止まって見ていた二人の男性社員が笑いながら外へ出ていく。

もちろん聞こえているし、気にもしていない。彼らだって悪気があって噂《うわさ》しているわけではない。

聞く人が聞けば悪口に感じるかもしれないが、沙良はむしろ褒《ほ》め言葉と感じる。

鉄壁秘書。

いいあだ名だ。

この仕事を続けていくためには、ちょうどいい。

「お待たせいたしました」

——この男の、秘書でいるためには……。

立ち止まって軽く会釈《えしゃく》をした沙良の前には、彼女のボスである壮がいる。絶対に顔も口も出さないでくれと頼んで彼のそばを離れたが、言ったとおり、エントランスとロビーを区切る大きな柱の陰に立っていてくれた。

「ご苦労さん、女史。さすが、冷静すぎて怖い対応だ」

「おそれいります」

腕を組んで片方の肩で柱に寄りかかる彼は、口角《こうかく》を上げて不敵な表情を見せる。

スーツ映えするスマートな体躯《たいく》。夏の暑い時期でもしっかりと三つ揃《ぞろ》えのスーツを軽く着こなす、祖母がロシア出身というクォーター。そのせいなのかなんなのか、黙って立っていても外国のモデルではないかと思うほどの美男子である。

顔も容姿もパーフェクト。おまけに外資系ＩＴ企業の創始者一族にして、まだ三十五歳のＣＥＯとなれば、お知り合いになりたい女性は無限に寄ってくる。……たとえ、本人が望んでいなくとも、である。

今のお嬢様がいい例だ。秘書である沙良にとっても、ボスが望まない好意に振り回されるのは仕事の妨げになり、ありがたくない。

上手く捌《さば》かなくてはならないのは当然だし、壮も「さすが」と言葉をくれた。この結果を善しとしてくれている証拠だ。

「車を待たせております。急ぎましょう」

もちろんとばかりに歩きだした壮に合わせ、沙良も歩調を速める。エントランスを出る直前、壮が何気なく聞いてきた。

「今ので、何分何秒のロス？」

「ご心配無用です。すぐにロスゼロにいたします」

さすがと言いたそうな表情をする彼をスルーして、沙良はビル前の通路で待機していた車の後部座席のドアを開ける。

「どうぞ。移動中、ご確認いただきたい書類が三件分ございます」

「移動中にコーヒーを飲む時間は？」

「ございません」

きっぱりと断り、壮に続いて車に乗りこむ。はたから見ると冷たい秘書だが、質問をした当人は面白そうにクスクスと笑っている。

彼は断られるだろうことを予想して言っているのだ。沙良の徹底した真面目な秘書ぶりを楽しんでいるかのよう。

沙良がドアを閉めると車が走り出す。移動はいつも専門の運転手に任せていた。

沙良も車の運転はできるが、移動中の車内で壮と仕事の話をするためには運転にまで気を回していられない。

壮も移動車内での仕事は普通らしく、自ら運転席に座ることはなかった。

「訪問先でもコーヒーは出ると思います。なんでしたら到着後、すぐにわたしが手配いたしますが」

特に引っ張る必要もなかったが、壮がずっと微笑《ほほえ》んだまま沙良を見ているので、タブレットにデータを表示させるまでのつなぎに使う。

壮は話にのってほしかったらしく、すぐに喰《く》いついてきた。

「いや、コーヒーショップのものがいい。クリームがたっぷりのった、ひとつで一食分のカロリーが摂《と》れそうなやつ」

「ずいぶんと珍しいご希望ですね。いつもはブラックなのに」

もしかして笑わせようとしているのだろうか。差し出したタブレットに手は添《そ》えるものの、壮は受け取ろうとしない。

最後まで自分の話を聞け。仕事の話はそれからだ。……そう言いたいのだろうことが手にとるようにわかる。

沙良が壮の言葉を待っていると、意志が伝わったと満足した彼はご機嫌で微笑む。

「俺用じゃない。女史に、だ」

「わたしですか?」

「ストレスを感じたあとは、甘いコーヒーが飲みたくなるんだろう?」

「え?」

ちょっと驚いた声が出ると、やっとタブレットを受け取ってもらえる。文字を追う前に、彼は締めの一言を繰り出した。

「会社へ戻る前に、買いに寄れる時間を作ってくれ。女史にストレスで倒れられたら困る」

これは、アポなし面会を迫ったしつこい女性に対応した、そのお礼なのだろうか。

壮に言い寄る女性は一人や二人じゃない。仕事の妨げになりそうなら、その対応をするのも沙良の役目だ。

本人に言ったことはないが、それだって結構大変なストレスである。

ただ先日同じようなことがあったあと、とんでもなく甘い缶コーヒーを飲んでいるところをクリーンサービスで会社に入っている年配《ねんぱい》の女性に見られた。

気さくな女性で何度か話をしたことがあるせいか、沙良も気がゆるんで「ストレスを感じると馬鹿みたいに甘いコーヒーが飲みたくなるんですよ」と話してしまった。

あとにも先にも、その話を他の人にした覚えはないし、話をしていたときに壮が近くにいたはずもない。

ときどき沙良が甘いコーヒーを飲んでいるのを見かけて、そういうときはたいてい壮の女性問題を処理したあとだ……とでも気づいたのだろうか。

だとしたら、とんでもなく察しがいい。これがもし他の女性なら「私のことをこんなに見ていてくれるなんて」と感動し、勘違いの好意にまで発展してしまいそうだ。

「そんなに驚いた顔をするな。女史に無言を決められると、なにか大きな失敗をしていたかと不安になる」

こわごわと口にする様子は、ひと目でおどけているのだとわかる。

やる人を選ぶ仕草だと思うが、少々日本人離れしたいい男がやるとユーモラスに見えてしまうから、ちょっとズルイ。

「そんな弱気になったふりをしても駄目ですよ。本日のスケジュールはキッチリこなしていただきますからね」

しかしそこにほだされる沙良ではない。ショルダーバッグから取り出した手帳を高速でめくり、メガネのブリッジを親指と人差し指で挟み上げてからキッと壮を睨みつける。

「週末に予定されているパーティーに出席するためです。ご友人のパーティーなのでしょう? 間違いなくスケジュールを空けますのでご安心ください」

「頼もしいな。本当に君は頼もしいよ。怖いくらいだ」

「光栄です」

クスリと笑って、壮はタブレットに目を移す。その笑いかたにささやかな狡猾《こうかつ》さを感じ、沙良はわずかに目を細めた。

「……面接のとき……俺が君のことを好みじゃないと言ったのを覚えているか?」

「はい、もちろん」

「一ヶ月ほど一緒に仕事をしてわかった。君は、仕事上のパートナーとしては最高だな」

これは、秘書としてすごい称賛《しょうさん》をもらったのではないだろうか。歓喜の声をあげてしまいたいほど心は浮かれるが、沙良はその衝動《しょうどう》に耐えた。

「嬉《うれ》しいです。わたしも、面接でCEOを好みではないと言いましたが、どんなハードスケジュールもこなしてしまう万能《ばんのう》なボスを尊敬しております」

「君らしい答えだ」

楽しげにアハハと笑いながらも、彼の指と目はタブレットの文章を追っている。なにをしていても、仕事に間違いを起こさない人だ。

切れ者でもちろん仕事は速い。セクハラもなければパワハラもない。常に社員や会社のことを考えて動けるＣＥＯ。

女癖《おんなぐせ》が悪い……ように感じるところはさておいて、沙良はこのボスの秘書になれてよかったと、この一ヶ月で心から思えるのである。


ウォルシュラインCo.,Ltd.――外資系コンサルティングのシステムインテグレーター企業である。

当たって砕《くだ》けろ精神で沙良がＣＥＯ秘書の面接試験を受け、その場で採用を勝ち取ったのは、送《おく》り梅雨《づゆ》から一夜明けて、好天に恵まれた日だった。

好みではないから採用……などと、フェミニストの友人が知ったら声をひっくり返して憤慨《ふんがい》しそうな理由ではあったが、沙良も好みではないと言い返してしまっている。どっちもどっちで、おあいこだ。

あまり印象はよくないスタートではあったものの、ＣＥＯとしての壮は仕事に妥協《だきょう》しない完璧な思考の持ち主で、人望もあり顔も広い。

いうなれば、とても社交的な行動派。朝のうちにその日のスケジュールを伝えれば、こちらが急《せ》かさなくとも先へ先へ行動してくれる。

彼のバイタリティについていけなくて潰《つぶ》れてしまった秘書が何人もいると聞くが、本当に気を抜いたら置いていかれそうな機動力のよさである。

だからといって負けてはいられない。

行動的なボスの先を行くよう心がける。それでもボスは難なくこなす。

予定していたことであろうとなかろうと、必要とあらば必要以上の仕事をしてくれるのだ。そばについているだけで非常に仕事のし甲斐《がい》がある上司である。

壮も沙良を評価してくれている。秘書に任せれば大丈夫だと思ったことは、よけいな口出しをしない。沙良が満足いくようにやらせてくれる。

とても仕事はやりやすいし、ありがたい。

おかげで仕事は順風満帆《じゅんぷうまんぱん》。ついに今日は「仕事上のパートナーとしては最高」という言葉までもらってしまった。

「疲れたぁぁ～～」

大きく息を吐きながら今の状態を口に出し、仕事用の鞄《かばん》を床に置いてから思いっきりベッドへダイブする。

１Ｋの部屋に置かれたベッドは、高級なスプリングマットが敷かれているわけでもないし、冬季限定の至福である羽毛布団が広げられているわけでもない。ダイブした瞬間にギギギシイィ……という派手な音をたててベッドが軋《きし》み、室温と同化していた生温かいシーツが接触面の体温を上げる。

それでも、一日働いて疲れた身体を横にできる空間というものは、たとえ電気毛布の上であろうと最高の休憩場所である。

「いや、でも、もう少し涼《すず》しいほうがいいし」

速攻で休息を求めた脳に反抗し、身体がエアコンのリモコンを求めて起き上がる。ローテーブルから取ったそれを「覚悟っ」と狙いを定める素振《そぶ》りでエアコンに向けた。

流れ始めた空気に涼《りょう》を感じると、ベッドの上に座り、大きく息を吐く。

「……疲れたけど……、嬉しかったな……」

ずっと頭をめぐっているのは、壮に仕事ぶりを認めてもらえた感動。

あの行動派ＣＥＯに、仕事上のパートナーとしては最高と言われたのだ。嬉しくないはずがない。

思いだすと自然に顔がゆるみ、「ふへっ」とおかしな笑いが漏れる。止めようと思ってもニヤニヤ笑いを直せない。

「なんか飲むか……」

このまま座っていたら、思い起こされるくすぐったさでのた打ち回ってしまいそうだ。

すでにずり落ちていたメガネをローテーブルに置き、キッチンへ向かう。

いつもは帰宅時、一人になったところでメガネは外してしまうのだが、今日はあまりにも疲れていて外すのを忘れていた。

自分の身長とほぼ変わらない冷蔵庫を開ければ、カラフルな缶がずらりと並んでいる。果物がデザインされたそれは、知らなければジュースと言われても信じてしまえそう。

だが、れっきとしたアルコール飲料である。

「これにしよ」

メガネを外していたって、目指すものは間違わない。飲み比べで一番甘いと確認済みの一本を手に取り、爽快感《そうかいかん》あふれる炭酸音を響かせながら飲み口を開ける。

そのまま口をつけると、冷たい液体が体内を流れ落ちていくのがわかった。そんなはずはないのに、滝さながら喉《のど》から一気に落下しているような錯覚に陥《おちい》る。

「冷たぁ～～」

同時にくらりと眩暈《めまい》がして、かき氷をかっこんだときのような、キーンとした痛みが頭に走った。

缶を片手に座りこんだ沙良は、そのまま冷蔵庫に背中をつけて寄りかかる。

「……張り切りすぎ」

仕事に夢中になるあまり、水分補給を忘れていたせいだ。会社に戻ってからも、仕事に集中していて喉の渇《かわ》きを意識していなかった。

外出から戻る途中、壮がコーヒーショップで約束のものを購入《こうにゅう》して沙良をねぎらってくれたが、あれは喉を潤《うるお》すためにあるのではなく食べるためにあるのだと思う。

そのせいか、あまり空腹は感じていなかった。

「でも、甘い炭酸もお腹《なか》にくるよね」

缶を目の前にかざし、何気なく成分表を眺める。メガネを外していたって、小さな字も確認できる。

……本当は、メガネをかける必要なんてないのだ……。

面接のとき、沙良はかける必要のないメガネをかけて臨んだ。

メガネひとつ、その形次第で人の表情や印象は変わる。

それまで〝人のよさそうな優しい顔〟と言われ続けてきた自分のイメージを、このときばかりは変えたかったのである。

フォックス型のメガネを選んだのは、学生時代に友だちの買い物でメガネ店へつきあったとき、見本にあったその形をかけてみたことがあるからだ。

『その形だと、いつもの沙良じゃないみたいだね。なんか、厳しい先生みたいだよ』

いつもの沙良じゃないみたい。その言葉が印象的で、強く心に残っていた。

固く真面目な自分を作って面接に臨み、採用になったあともそのイメージを貫いている。

甘く見られたくなかったし、隙も見せたくない。

そして、ついたあだ名は、鉄壁秘書。

……それでいい。

地味でお堅い仕事人間。そう思われることが一番だ。

張り切りすぎでもなんでもいい。仕事は充実しているし、壮は学歴や職歴ではなく仕事ぶりを見て正当な評価をくれる。

おそらく、この会社を辞めるようなことがあっても、これ以上好待遇な条件には出会えないだろうと思う。

（履歴書であーだこーだ言わなかった人って、初めてだし……）

沙良はずっと派遣で仕事をしてきた。事務職を中心にいろいろとやったので、各業種のスキルは有り余るほどある。

そのすべてが今の仕事で役立っている。スケジュール調整もクレーム処理も、根回し、気遣い、先へ先への行動力、すべて派遣時代に培《つちか》われていったものだ。

それでも、数回は正規雇用の道を考えてみたことがある。……しかし、断念した。

沙良は、大学を三年生で中退している。事情があってのことだが、採用試験を受けた企業側はどうしてもそこが気になるらしい。長く派遣《はけん》でのみ仕事をしているという点も気になるのか、二言目には「正社員としてちゃんと働こうと思ったことはないの？」と聞かれる。

思ったことはある。けれど、その機会を与えてくれる企業に巡《めぐ》りあえなかっただけだ。

結局、今まで正規雇用の道が開かれることはなかった。

ウォルシュラインを受けようと思ったのも、期間契約で入っていた外資系の会社がとても働きやすく、そこの社員にウォルシュラインの噂を聞いていたからだ。

SIer《エスアイアー》企業は年功序列での力関係が根強いという。しかしウォルシュラインは外資系のコンサルティングでCEO自体が若いので全体的に社員も若く、年齢関係なく実力主義の会社だと。

話は本当だった。今のボスは、学歴や職歴を色眼鏡で見ることはない。

つねに、人柄と仕事ぶりを見てくれる。

「……いい人なんだよね……。思いやりもあるし、……顔もいいし……」

最後の言葉を口にしたところでいったん止まり、勢いよく缶の残りをあおり飲む。

彼がいい男なのは認めている。壮がいい男の部類に入らないのなら、この世から〝いい男〟という言葉は消滅するとさえ思う。

だが、その気がなくても、気持ちを動かしかねない発端になる言葉を呟《つぶや》いてはいけない。

なんといっても、採用時の条件なのだ。

――秘書としての条件は、俺に惚れないことだ。

自惚れが強いのかと思ったものだが、今となっては本人がそう言ってしまう意味もわかる。

実際、彼を好きになってしまったせいで仕事ができなくなり、辞めさせられた女性秘書もいるらしい。

「でも……女癖は悪いよねぇ……」

勢いで飲み干した缶をぐしゃっと握り、眉を絞る。

完璧なCEOだと思うのに、残念かな彼の周囲には女の影が絶えない。……それも、いつも違う女性だ。

ほとんど彼が出席したパーティーや接待で知り合うようだが、本人は深入りするつもりはまったくない様子。しかし女性側には未練があふれ出ている。

会いたい、話がしたい。メールや伝言が入るたび、無関心の壮に代わって沙良がフォローに回る。

花を届けて丁寧《ていねい》にお断りをいれたり、お誘《さそ》いを辞退《じたい》するメールをしたり。

いくらボスでも女遊びのフォローまでしなくてもいいのではないか。

それもそうなのだが、沙良が放っておけば放っておいたで壮も放置するので、しつこいメールや訪問で仕事に支障が出る。

ボスに気持ちよく仕事をしてもらうのは秘書の役目だ。

たいていは秘書からの連絡で脈《みゃく》はないと悟るのか諦《あきら》めてくれるのだが、ときどき骨のある女性にぶつかる。

それが、本日撃退したお嬢様だ。

どれだけ壮にご執心なのかは知らないが、どこで調べたのか壮がプライベート用にしているスマホに自分の写真を数パターン送りつけてきたこともある。

それも誰に撮ってもらったのかグラビア級にセクシーなものまであって、確認した沙良のほうが恥ずかしくなった。

一ヶ月見てきただけしか知らないが、壮は誰の誘いにもなびかない。

女性側がその気になって連絡をしてくるくらいだから、それなりのことが二人のあいだにあったのだろうと察しはつくが、壮のほうは完璧《かんぺき》に割り切って相手をしているのだとしか思えない。

（でも、もう少し考えてくれないかな……）

モテるのは仕方がないにしろ、あとくされない対応ができないものか……。

正直、ボスの女遊びの後始末というのは、秘書本来の仕事ではない。

（そんなこと言って、気分でも悪くされたらいやだし）

とはいえ、不思議に感じる部分もある。壮は、会社でも女性社員に気を遣って節度のある接しかたをする。社内でもセクハラやパワハラなどの指導も徹底していて、決して女性を下に見る人ではない。

そんな人が、遊びで女性をとっかえひっかえして放置するとは思えないのだ。

「うーん……」

うめいて考えこむ。いつの間にか眉間《みけん》にしわができるほど頭を悩ませていることに気づき、指でしわを伸ばしてよいしょと立ち上がった。

「まあ……そのうちわかるかな……」

カラの缶を専用のゴミ箱に放《ほう》り、バスルームへ向かう。

よけいなことをよけいなくらい考えてはいけない。

答えはひとつだ。それが見えるまで詮索《せんさく》は不要。不明確なことを、自分の思いこみで勝手に考えるのは危険でしかない。

――沙良は、身を以《もっ》てそれを知っている。


「失礼いたします」

特に耳をかたむけてもらいたいわけじゃない。誰かが入室してきたと、薄っすらわかってもらえればいいだけだ。

そんな気持ちで出た声は、とても礼儀正しく、そして控えめだ。

控えめでいい。今は沙良の声も存在も、邪魔にならぬように気を遣わなくては。

壮の執務室の隣にある応接室は、彼専用の客人に使われる。今は紡績《ぼうせき》会社の副社長が海外の工場の件で相談……という名の顔見せにやってきている。

「あの工場は現地の基準に合わせているから、いきなりの改革は危険だな。ただ、成功すればメリットは大きいから、まずはサポートを強化しよう」

空気のごとくさりげなく、応接セットで向かい合う二人の前にコーヒーを置く。話をしている壮はともかく、客人の若い副社長は「ありがとう」と微笑んでくれた。

これがまた、イケメンの知人はイケメンなのかと納得してしまうレベルの男前だ。

客人に礼儀正しく接するのはボスのためでもある。沙良も会釈をして軽く微笑み、そのまま退室した。

「……ああやって仕事の話をしているときは、ホント真面目で凛々《りり》しいのに……」

あんな姿ばかりを見ていれば、女遊びの激しい男に見えないのは当然だ。

——給湯室に戻ろうとしたとき、秘書課の女性課員が慌《あわ》てた様子で走り寄ってきた。インフォメーションセンターから、沙良に面会だという。

名前を聞くと、壮の知人、というか大先輩で、世界的IT企業の会長兼相談役だ。

沙良に面会というより、これは壮に用があって訪ねてきたが、アポがないので沙良に連絡が回ってきたというのが正しい。

「すぐに行きます」

戻そうと思っていたトレイを女性課員にお願いして、エントランスへ急ぐ。現在壮は別の件で面談中。そのあとはすぐに外出の予定が入っている。

なんとか時間を詰め、少し相手に待っていてもらうか、それとも日を改めてもらうか……。決して無下にはできない相手だ。対応を間違えば壮に恥《はじ》をかかせることになるし、会社の立場的にもよろしくない。

しかしながらこの御仁《ごじん》、沙良が数回会ったうえで知る限りではとても礼儀正しい聖人君子のごとき紳士で、立場は上だが決して驕《おご》ることなく、アポなし面会を申し出てくるような人物ではないのだが……。

「片桐《かたぎり》様、お待たせいたしました、申し訳ございません」

エントランスに下りて目指す人物が目に入ると、沙良は話しかけながら速足で歩み寄った。

「いいのですよ。こちらこそ、突然で申し訳ありません」

焦る沙良に対し、片桐雄大《ゆうだい》はおだやかな微笑みを浮かべている。

おそらく邪魔にならぬようにと考えたのだろう。インフォメーションセンターの端《はし》、少々陰になる目立たない位置にたたずんでいた。

ただ、彼は背が高く精悍《せいかん》な男性だ。歳は四十も半ばのはずだがとても若々しく、サマースーツのインにTシャツというカジュアルな服装なのに、まるで俳優のポートレートかのように決まっている。

本人は目立たぬようにしているつもりだろうが、エントランスの中央でポーズを決めるより目立っているように思えた。

（やっぱり……イケメンの知人はどこまでもイケメンなんだ……）

類は友を呼ぶ、を実感しつつ雄大の前で立ち止まり、頭を下げる。

「せっかくお越しいただきましたのに、誠に申し訳ございません。桐ケ谷はただいま来客中でして、もしお急ぎでしたらわたくしがご用件を……」

「いやいや、私は森城さんに用があってきたのですよ」

「は？　ぃ？」

ついついおかしな声を出してしまい、ハッと口をつぐむ。それに気づいたのか、雄大はクスリと笑って相変わらずおだやかに補足をした。

「それに、この時間はミナモウの湊《みなと》君がいらっしゃっているのも存じています。ですが、森城女史にならお会いできると桐ケ谷君に確認済みです」

「わ、わたくしに、なにか……」

なんて用意周到《しゅうとう》な人だろう。さすがに世界的ＩＴ企業の創始者は違う……などと感心している場合ではない。

そんな人物が、直々《じきじき》になんの用件なのだろう。もしや知らないところで無礼を働いてしまっていたのだろうか。せっかく秘書として正規で働けるようになったのに、早々に職を失うことになるのでは……。

「はい、どうぞ」

血の気が引き、快適すぎる空調が自慢のエントランスでさえ寒々と感じられた沙良に、白い紙袋が差し出される。

……一瞬なんのことやらわからなかったが、雄大に右手を取られ、その手を袋の持ち手に置かれた……瞬間、反対に彼が持ち手を放した。

「ひゃっ……！　落ちっ……！」

袋が落ちると感じた瞬間、今度は反射的に沙良が持ち手を握る。またもや焦っておかしな声が出てしまい、雄大にクスクス笑われた。

「いい反射神経だ。でも、森城さんは突発的なことに弱いようだね。実にかわいらしい一面をお持ちだ。これはぜひ桐ケ谷君に報告せねば」

「か……片桐様っ……」

面白がっているのか天然なのか、菩薩《ぼさつ》の顔をしていても、実は仮面なのでは。そんな思惑をぐるぐるさせつつ、持たされた紙袋に視線を移す。

中に長方形の箱が見える。特徴のあるデザインの白い箱は、セレブ御用達《ごようたし》で有名なパティスリーのものだ。

「桐ケ谷君に頼まれたのですよ。昨日のお礼に、森城さんに差し入れだそうです」

「え？」

「昨日、下手をすると大修羅場になりそうだったものを、とても素晴らしい機転で森城さんが沈静化《ちんせいか》したと聞きました。ストレスをかけてしまったので盛大に糖分を摂《と》らせてあげたいから、と言っていましたよ。あっ、中身はプレミアム生ロールケーキです」

「CEOが……」

昨日の件とは、もちろんお嬢様に奇襲《きしゅう》をかけられた件だろう。しかし、あれについてはコーヒーショップの激甘スイーツコーヒーで手を打っている。

糖分追加を考えてしまうほど、彼は沙良に女性問題の処理をしてもらって申し訳ないと思ってくれているのだろうか。

おまけにこの店のプレミアム生ロールケーキは大人気で、一日十個限定という貴重な品なのだ。

「あの、でも、どうして片桐様がこれを」

「この店、私の末弟の店なのです。頼みこんで取り置きしてもらいました」

有名人繋《つな》がりすぎて気が遠くなる。嬉しいことは嬉しいし、ありがたいが、受け取ってしまっていいものだろうか。

さすがに、秘書へのお礼といってもここまでしなくても……。

「遠慮をしてはいけませんよ、森城さん。桐ケ谷君が女性秘書にここまで信頼を置いているのは初めてです。私も驚きましたが、彼もやっと信頼できる秘書に巡りあったのだと嬉しくなって、喜んでお使いを引き受けました」

遠慮しそうな気配を悟ったのだろう。雄大は彼女を諭《さと》すように話しかける。

「彼は、いろいろとあって、なかなか長く続いてくれる秘書に出会えなかった。おそらく、貴女《あなた》には長く務めてもらいたいと思っているのでしょう。それだから心を割《さ》くのです」

「片桐様……」

胸がジンッとして温かいものが込み上げてくる。

人づてとはいえ、こんなふうに思ってもらえていることを知れるなんて。感動でしかない。

改めて、昨日壮からもらった「最高のパートナー」という言葉が胸に沁《し》みる。

沙良は紙袋を両手で持つと、背筋を伸ばし改めて雄大を見た。

「ありがとうございます、片桐様。お言葉、とても嬉しく心に沁みました。これからも桐ケ谷CEOのお役に立てるよう、尽力いたします」

「森城さんは本当に素直で真面目な女性ですね。女性に関しては興味もなく無関心な桐ケ谷君が気に入るわけです」

「興味がない……？」

意外な単語が飛び出した気がして、つい聞き返してしまった。

無関心……はわかるのだが、興味がないはちょっと違うのではないだろうか。興味がないなら女性問題は起こらない。

「彼はあのとおり独身だし、仕事一途《いちず》で恋人もいない、非常に見目《みめ》のよい男性です。ですから、恐ろしいほど女性からのお誘いが多いのです。ですが興味がないばかりに無関心すぎて誤解を受けやすく、いつの間にか女性問題へと発展する。自分に好意的な女性に対して、下手にかかわるのがいやなのですよ。しかしそのせいで遊び人のように言われ恋人がたくさんいるというような濡《ぬ》れ衣《ぎぬ》を着せられている。……森城さんならご存じでしょう」

「え、あ、はい……」

上手く返事ができない。

そんなこと、まったくご存じではない。

「パーティーやレセプションも一人で出席するし、それだから誘われやすいというのもありますね。本人はサラリとかわして断っているつもりなのでしょうが、彼にご執心のご令嬢は多いですから。思いこんだ女性の情念《じょうねん》というものは、強いものです」

思いもしなかった真実が明かされていく。それによって、自分が壮に対して壮大な思い違いをしていたことに気づかされた。

彼は、女癖が悪いのではない……。

ましてや、遊び人でもないのだ。

彼の無関心と態度が女性の誤解を生み、執着へと繋がっている。

「ですが……、ＣＥＯは決断力のある方です……。興味がないならハッキリとお断りすれば、とも思いますが……」

興味がないなら、彼が断わればいいだけだ。特別におつきあいをする気がないのならないと、ハッキリ言えばいいのでは。

すると、雄大がわずかに顔を寄せて声をひそめた。

「ハッキリと拒否したことはあるのですよ。……ですが――」

もらったロールケーキの袋を、思わず落としそうになるほどの衝撃《しょうげき》だった。

しかしボスがくれた気持ちを落とすわけにはいかないという一心が手に力を入れさせ、落とさずに済んだのだ。

「お気をつけて」

エレベーターの前で客人を見送り、頭を上げてから深く息を吐く。

つい先程雄大に聞いたばかりの話が、脳内を駆けめぐっていた。

かつて壮は、あまりにも思いこみが激しかった女性に、ハッキリと好意はないと告げたことがあるそうだ。しかしその後、女性はストーカー化し、傷害《しょうがい》事件にまで発展して警察沙汰になったらしい。

その女性は……以前、壮の秘書だったという……。

彼はおそらく、声をかけて好意を示してくる女性がいても、気を持たせないよう無関心であしらうのだろう。しかし、それで引く者もいれば、関心がないなら持たせよう、関心がないなんて嘘《うそ》で関心のないふりをしているだけ、と考える者もいる。

そこから誤解が生まれ始めるのだ。

沙良が代理で誘いを断っていることで、本人からではないことから脈はないと悟った者は引くが、それでもどうしても引かない者が最後まで残る。

——君は、俺の好みではない。

壮の言葉を思いだしながら、沙良はゆっくりと足を進める。

ひとまず応接室を片づけに行こう。次の移動の時間まで少し時間があるので、壮に改めてコーヒーでも淹《い》れてこようか。いや、それよりも先にロールケーキのお礼を言ったほうがいいかもしれない。

仕事へ考えを向けようとするが、どうしても思考がそれてくれない。面接での不可解な言葉の意味が、やっとわかってきた。

沙良は壮の好みではない。それじゃなくても女性に関心のない彼にとって、地味で美人でもない彼女はまったく範疇《はんちゅう》にないということだろう。

——わたしも、桐ケ谷ＣＥＯは好みではありません。

彼の言葉に、淀《よど》みなく返した沙良。

次の瞬間、彼の表情が動いたのを覚えている。

好みじゃないという言葉に同じ言葉で返した。そのとき壮は、沙良ならば秘書にできると感じとってくれたのだ。

もしもあのとき、少しでも心が動いて傷ついた顔をしたのなら、沙良は不採用になっていたのではないか。

「……いい人なのにな……」

女癖が悪いのではない。女運が悪いのだ。

今まで彼と親しくなりたいと考えた女性の中には、もちろん献身《けんしん》的で優しい、普通の女性もいただろう。

しかし常識的な女性であるからこそ、自分は好意を持たれる対象ではないのだと悟るとおとなしく引き下がってしまう。

なにかいい考えはないだろうか。壮が女性に誤解を受けずに、つきまとわれなくなる方法は。

(そういえば……)

雄大の話を思いだす。

――パーティーやレセプションも一人で出席するし、それだから誘われやすいというのもありますね。

「一人で……」

そうだ。取引先や知人の集まりに、壮は一人で出席をする。

ウォルシュライン社は外国企業やセレブ層を相手にすることが多いので、本来ならばパーティーには同伴者《どうはんしゃ》がいたほうがいい。だがどうせ会場で知人と飲むだけだからと、一人で行ってしまう。

友人知人と飲むだけとはいっても、先程の雄大などは奥さんが同伴しているというし、顔見せに来ていた友人も婚約者と一緒だという。

壮のような男性が一人でいれば、それなりの目的を持って来ている女性にアプローチされても不思議ではない。

「そうか……、同伴者をつければ……」

これは妙案ではないだろうか。相手がいる男性に、わざわざ声をかける女性はいない。……稀《まれ》にいるかもしれないが、マナーとしてはナシだ。

次に出席するパーティーは、明後日の週末土曜日。

こうしてはいらえない。急いで提案しなくては。

「よしっ」

考えが固まるとやる気が出てくる。その前に応接室を片づけなくては。

勢いよく応接室のドアを開けた沙良は、開けたとたんにのんびりとソファに座る壮を見つけて「ひぇっ！」と声をあげた。

「C……CEOっ、執務室にいらっしゃったのでは……！」

誰もいないと思いこんでいたところに壮の姿が飛びこんできたせいか、心臓がバクバク脈打って胸が苦しい。

完全に無人だと思っていたからこそ、気を抜いて勢いをつけたというのに。

動揺しまくる沙良が珍しいのか、壮は意外な顔をしながらも楽しそうだ。

「雄大さんが言ったとおりだな。女史は本当に予想外の出来事に弱いらしい」

似たようなことを雄大に言われたばかりだ。すでに壮にも伝わっている。さすがのネットワークだ、情報が早い。

だからといって、ここでいつもの自分を崩《くず》すわけにはいかない。コホンと咳払《せきばら》いをし、姿勢を正して壮に近づいた。

「失礼いたしました。片づけようと参りましたら、ＣＥＯがいらっしゃったので驚いてしまって……」

「コーヒーが残っていた。もったいなくてね。ついでに少し時間があるだろうから、息抜きだ」

「コーヒーを淹《い》れなおそうかと思っていたのですが」

「このコーヒー、カフェのデリバリーではなくて、先日重役の土産でもらった豆を挽《ひ》いて淹れてくれたものだろう？　せっかく女史が手間をかけてくれたのに、残すのはもったいない」

すっかり冷めているはずのカップを自ら大きくあおった壮は、「あ、なくなった」と残念そうな顔をする。

惚れるな、のひと言と沙良の自制心がなければ、本当に誤解をされても仕方がないほど性格のいい人なのだ。

（だからこそ、おかしな目に遭《あ》うのを放ってはおけない！）

「ＣＥＯ、ご提案があります！」

しっかり聞いてもらおうと、力をこめて提案する。少々声が大きいかなとは思ったが、それよりも沙良が必死なのだとわかってほしくて、そのままのトーンで続けた。

「明後日のパーティーですが、女性を同伴させてはいかがでしょうか！」

「却下《きやつか》」

早い。

早すぎる。

もう少し考えてくれてもいいではないか。

「ですがＣＥＯ、本来は同伴者を伴うものですし、それに、同伴者がいれば、気軽に女性から声をかけられることもないと思います！」

カラのカップをもてあそんでいた壮の手が、ふっと止まる。厳しくなった視線が、沙良に向けられた。

「それは……雄大さんの入れ知恵か？」

本来、沙良が知っているはずのないパーティーでの話が出たので、自分が知らないところで噂話をされていると感じたのだろう。興味本位で探っていると思われてはかなわない。沙良は凛《りん》として反論した。

「入れ知恵ではありません。ですが、片桐様から伺《うかが》ったお話から考えても、パーティーなどにお一人でご出席されるから、望まないお声をかけられてしまうのは間違いがないと思います。ならば、一人ではないのだと周囲に知らしめればいいのだと考えました」

「残念だが、俺には同伴可能な妻も恋人も女友だちもいない。どうする？」

「同伴を仕事として請け負ってくれる方もいらっしゃいます。身近な者がよろしければ、秘書課の女性社員も重役や役員に同伴することが多いですし……」

「却下だ」

「ＣＥＯっ」

「なんと言われようが却下だ。いい案だとは思うが、信用できない」

沙良は言葉が出なくなった。いい案だとは壮も認めてくれている。しかし信用できないというのは、おそらく感情面だろう。

おそらく、この人のそばにいて心が動かない女性はいないのではないか。

沙良は仕事だし、彼に心を動かせば解雇《かいこ》が待っている。それは絶対回避したい気持ちがあるので心に防波堤《ぼうはてい》ができているが、強い意志がなければきついだろう。

この案を可能なものにするには、壮が信頼できる女性が必要だ。

信頼できる女性……。あくまで同伴者役に徹して行動できる……。

考えて……、ふと、気づく。

もしかして、近くにいるのではないか。

沙良はごくりと喉を鳴らす。いやしかし……、できるだろうか……。

だが、他に思いつかない。

「CEO……」

真剣なトーンで、沙良は壮を見据える。

彼女の様子を見てただ事ではないと感じたのか、壮はカップを置き同じように真剣な眼差《まなざ》しを向けた。

「……同伴者……、わたしではどうでしょう」

「OKだ」

決断が早すぎて拍子抜けする。

「最高の提案だ」

それでも、やっと壮が納得して笑顔を見せてくれたことで、沙良は俄然《がぜん》やる気が湧いてきたのである。

「ちょっとちょっと、聞いたよ、一昨日《おととい》の武勇伝！」

声だけなら、いきなりであろうと少し驚くくらいで物理的被害はない。しかし同時に背中を威勢よく叩かれたとあっては、紙コップを持っている場合おおいに焦るのである。

「わわわっ……」

液体が大きく揺れた紙コップを身体から離し、服にかかるのを回避する。とはいえ入っているのは目の前にあるウォーターサーバーから注いだばかりの水なので、こぼれたとしても服が染みになるようなことはない。

「あらら、大丈夫かい？」

あわや服を濡《ぬ》らす原因を作りかけた本人は、心配しているような、そうでもないような微妙な口調だ。おまけに……。

「少しくらいこぼれても、沙良さんならしれっとしていそうだね。しっかりスペアの着替えとか置いていそうだし」

笑いながら、さらに背中を調子よく叩いてくる。先程よりも力は入っていないが、水がこぼれる危険性は残っていた。

とはいえ仕事も終わって帰ろうかとしていたところなので、沙良自身、少し服が濡れようとそのまま帰るだろうなとは思う。

「さすがに、まだ仕事中なら着替えますよ。あとは帰るだけなんで。小野田《おのだ》さんは、まだ仕事なんですか?」

気を取り直してコップに口をつけると、小野田陽子《ようこ》はクリーンサービスにはつきものの化学雑巾を力強く掴《つか》み、フンッと鼻息を荒くした。

「これからもうひと仕事っ。皆さんが帰ったあとのオフィスを綺麗にしないとね」

「いつもありがとうございます」

陽子はウォルシュライン自社ビルの清掃に入っているクリーンサービスの一人だ。小柄な女性だが、その身体のどこにそんなエネルギーが備わっているのかと考えてしまうくらい、よく動く働き者なのである。

またサバサバした性格で、沙良を見つけると気軽に声をかけてくれる。

今でこそ鉄壁秘書とあだ名され、CEOの秘書は優秀、というイメージができているが、秘書になったばかりの一ヶ月前は違った。

新しい秘書は話しかけたら睨《にら》みつけてきそうな堅物《かたぶつ》、という目で見られていて、同じ秘書課の課員たちからさえあまり話しかけられることがなかった。

そんななか、初めて気さくに話しかけてくれたのが陽子だったのである。

自動販売機のそばで空き瓶用のごみ箱はどれかと探していたときだったので、陽子としては仕事柄話しかけただけかもしれない。とても自然でなんの遠慮もない彼女に気が楽になり、沙良も力を抜いて話をしてしまったのがはじまりだった。

おそらく年齢は五十代かと感じる。沙良からみれば母親世代だ。そう思うと、このくらいの女性に構《かま》われるのがくすぐったい。

「帰りがけの一杯が水ってことは、今日はストレスが溜《た》まるようなことはなかったんだね」

「毎日だったら、さすがに怒りますよ」

「沙良さんが桐ヶ谷社長を怒るところ、見てみたいね」

「小野田さんっ」

以前、ストレスが溜まると甘いコーヒーが飲みたくなるという話をした相手は陽子だった。今日は壮の女性問題で悩まされることはなかったんだね、と聞いているのだ。

「一昨日は甘いコーヒー飲みまくりだったんじゃないの？　お腹壊さなかった？」

「大丈夫。甘いコーヒーを食べたから」

「沙良さんは面白いことを言うねぇ」

陽子はカラカラ笑うが、壮が差し入れてくれたあれは、食べ物で間違いがない。

「桐ケ谷社長はかっこいいし、モテるのはしょうがないけど、沙良さんは大変なのによくやってると思うよ。今までの秘書の中ではピカイチだよ」

とても嬉しいことを言われてしまった。

歴代秘書がどんな人物だったかも知らない。それなのに浮かれてしまうのは自惚れが強い気もするので表面上平静を保つが、ボスを上手く支えられていると見られているのだから気分はいい。

なんだかんだ話を続ける陽子だが、決して仕事をさぼっておしゃべりをしているわけではない。

話をしながら、しっかりとウォーターサーバー周辺の拭き掃除に余念がない。

「せっかく褒めてもらったし、根本的な解決にも力を入れますよ。もう甘いコーヒーでストレス発散しなくて済むように」

「鉄壁さんって言われているくらいだし、社長の周囲に壁でも立てるのかい？　男前が見えないように」

「似たようなものですね。問題が発生しそうなパーティーには、わたしが同伴することにしたんです。ＣＥＯの周囲に見えない壁を作って、しっかり食い止めますよ」

ウォーターサーバーから移動して、隣り合う自動販売機を拭いていた陽子の手が止まる。目をまん丸にして沙良を見た。

「沙良さんが同伴？　それはまた、思い切ったね」

「同伴者がいないのが原因のひとつです。同伴者がいるとなれば女性は声をかけにくいだろうし、そんなものは関係ないっていうスタンスの女性が声をかけてきても、わたしが牽制《けんせい》すればいいんです」

「はぁー、すごいねぇ、こんな行動的な秘書さん、ホント初めてじゃないか？　すごいよ、沙良さんは」

陽子は本気で感心している。化学雑巾を握り締め、ずずっと沙良に詰め寄った。

「沙良さん、そのパーティーとやらにはなにを着る予定なの？　やっぱり振袖《ふりそで》？　着付けは？　もし美容室なんかで高いお金を出してやってもらうなら、私がやってあげるよ。着付けは得意なんだ」

「え？　振袖……？」

「沙良さんなら付下《つけさ》げでもいいけど、でも知的な美人さんだから、こう、媚《こ》びない粋《いき》な柄の振袖あたりを着こなしてほしい感じだね」

「いっぱい褒めてもらって申し訳ないけど、普通にスーツで行きますよ」

パーティーと言ったから、陽子は大げさな意味にとったに違いない。結婚式に出席するわけではないのだから、振袖はやりすぎだ。

「普通のスーツ……。どうして？」

「どうしてって……」

「パーティーだろう？　それも、あの桐ケ谷社長の同伴。それなのにスーツはないよ。それとも、今回は小さな会社の創業記念パーティーとか、そういうのなのかい？」

「今回は……」

暗雲《あんうん》が立ちこめるように、沙良の胸にいやな予感が流れこんでくる。

もしや自分は、軽率な勘違いから取り返しのつかない役目を引き受けてしまったのではないか……。


沙良は急いで壮の執務室へ向かった。

彼はまだ会社にいるはずだ。いや、いてもらわなくては困る。直接会って確認後、これが思い違いなら正しい方向へ持っていかなくては。

そうしなければ、明日、沙良のみならず壮にも恥をかかせることになる。

ボスにそんな思いをさせるわけにはいかない。

「失礼いたします、森城です！」

ノックとともに、勢いよくCEO執務室のドアを開ける。……開けてしまってから、少々冷静さを欠いた行動だと思い立ち、動きをとめた。

沙良の思惑を肯定づけるかのよう、デスクでパソコンのモニターを眺めていたのであろう壮は、こちらに顔を向けてキョトンとしている。

奇襲をかけられたと言わんばかりのその顔が、まるで悪戯《いたずら》を見つけられた子どものよう。仕事を終えて気を抜いていたところ、いきなり誰かが入ってくれば意表をつかれるのは当然としても……。

これでは、沙良が返り討ちにあった気分になる。

こんな壮の表情、仕事中は絶対に見られない。

「どうした、女史。帰ったと思ったのに……、忘れ物でも？」

しかしそこは壮の機転の速さがものをいう。彼はなにもなかったかのように背筋を伸ばし沙良に向き直った。

顔つきはいつものＣＥＯだ。つい数秒前のキョトンとした顔は幻だったのかもしれない。

心に引っかかりはするものの、今はそんなことを気にしている場合ではない。沙良は速足で進み壮のデスク前で立ち止まると、息を整えるために深呼吸をした。

「しっ……ＣＥＯっ」

「ん？　女史が挙動不審《きょどうふしん》になっているのはレアだ。なんだかワクワクする。君ほどの女性が心を乱すのは、なにがあったからなんだろう」

純粋な興味か、それともこの状況を揶揄《やゆ》しているのか。いつもならば「考えかたによっては悪趣味ですよ」と笑って切り捨てるが、今はそれを置いても確認しなくてはいけないことがある。

「そんなことより……明日のパーティーのことで……」

「明日？　一時間前には迎《むか》えに行くと言ったはずだが。……今になって、やっぱりやめますとか言うなよ?」

「そんなことではないです。わたしが言いだしたんですから、しっかりやるつもりです。……ただ、あの、……服装についてお伺《うかが》いをしていなかったと……。CEOは、もちろんいつものようなスーツですよね?」

「午後からののんびりしたパーティーだからブラックスーツでもいいんだが……、一応、ディレクターズスーツにするが」

いやな予感が当たったときの衝撃が走る。当たってほしくない気持ちが大きかったせいか、沙良は思わず固まってしまった。

その様子に、なにかを感じとったのだろう。壮は片手の指先を顎《あご》にあて、言葉を選ぶように視線を泳がせてからおもむろに立ち上がった。

「森城君、念のために聞くが、……君が考えていたドレスコードは?」

「……ビジネスアタイア……あたりかと……」

ドレスコード《服装規定》を求められるとは思っていなかったので焦ったが、瞬時に出てくるのは、沙良の基準でふたつしかない。

インフォーマルか、ビジネスアタイア、である。

インフォーマルは友だちや仕事関係の人の結婚式などで選ぶ略礼装だし、ビジネスアタイアは仕事でのパーティーなど、きちんとしたなかにも華やかさを忘れずに添える服装だ。

この二十七年の人生の中で、フォーマルやらセミフォーマルやら、格式高いドレスコードを意識したことはない。

正装が基準の成人式だって、母の葬儀《そうぎ》で出席できなかったのだ……。

「今回のパーティーは、俺の知人の誕生日パーティーだ。それはわかっているな」

顎を上げてハアッと息を吐くと、壮は腕を組んだ。

「主役はモデルクラブの社長で、アメリカに大きなフォトスタジオやビルを持っている。本人も著名なパーツカメラマンだ。ちょうどこの時期に日本にいるということで、友人や取引先の知人を招いて交流を兼ねたパーティーを催《もよお》すことになった。開催場所は外資系《がいし》高級ホテル。

……これでも、君の認識はビジネスか？」

「……セミフォーマルあたり、ですね」

縁がなくたって知識だけはある。彼が口にしたディレクターズスーツは、昼用の準礼装に位置しているはず。

「ちなみに女史は、こうして聞きにこなければどんなスタイルにするつもりだったんだ？　ビジネスアタイアなら、いつものスーツにインを華やかにするくらい？」

「はい、あの……ブラックスーツでと……」

「インは？」

「リボンタイのブラウスを……」

「……メイクは」

「口紅だけは……少し濃い目で……」

「……髪型は……?」

「……ぁの……まとめ上げて、シルバーの細工が入ったバレッタで留めようかと……」

沙良の声は気まずさのあまり小さくなっていく。いつもなら壮の質問にはハキハキと答えていくのだが、明らかに沙良の答えで壮の機嫌が悪くなっているのがわかるのだ。

ブラックスーツと答えたあたりから、壮の眉が寄り、目が細められ、声まで重たくなってきた。

沙良自身も、一歩間違えば取り返しのつかない思い違いをしたままになるところだったので、強く出られない。

同伴者がドレスコードを違えれば、壮に恥をかかせる。いやな予感を感じて聞きにきてよかった。陽子が振袖の話を振ってくれたおかげだ。

「無理もないのかもしれないが、君は盛大な認識違いをしていたようだ」

壮がゆっくりとデスクを回ってくる。小さくため息をついた気配を察して、沙良は慌てて頭を下げた。

「申し訳ございません……! ですが、伺ってよかったです。すぐに変更を……」

「不安だな」

ドキリとして血の気が引く。上がりかかっていた顔が途中で止まった。

「君が秘書になって、こんなに不安を感じるのは初めてだ。どうしたらいい」

「……申し訳ございません……。すべてはわたしの認識不足です。……いらないご心配をおかけいたしました。すぐに善処《ぜんしょ》いたします」

自分の行動でボスを不安にさせるなんて。秘書としてあるまじきことだ。沙良は途中で止まっていた頭を改めて下げようとする。しかし前に立った壮に顎を押さえられ、顔が動かなくなった。

「君が判断した善処で、俺の不安はなくなるのか？　同伴者をつけると案を出したのは君だった。提案まではよかったのに、考えの中身を見れば不安要素ばかりでは？」

「……申し訳ございませ……」

「そこで、俺からも提案だ。俺が不安にならないために、君のコーディネートは俺に任せてもらう」

「は？」

思わず顔が上がりそうになるのと同時に顎を持ち上げられ、予想以上に勢いよく顔が上がってしまった。

その衝撃でメガネが大きくずり下がる。直すまでもなく、壮にそれを取り上げられた。

「あ……！」

「やっぱり伊達《だて》メガネか」

「……やっぱりって……」

メガネを取られて焦るやら、素《す》の顔を見られて恥ずかしいやら。やっぱり、という言葉の中に、小賢《こざか》しい小細工を暴《あば》いてやったといわんばかりのニュアンスを感じて、気まずさでいっぱいだ。

いろいろな感情が一気に襲ってきて、頬は熱いのになぜか冷や汗がにじむ。

そんな沙良を歯牙にもかけず、壮は彼女から取り上げたメガネを右から左から眺めては、ニヤリと勝ち誇った笑みを浮かべた。

「最初から、ずいぶんと顔に似合わないメガネをかけているからおかしいとは思っていた。たびたび君の背後からメガネのレンズを眺めたが、度が入っているようには見えなかった。軽い乱視でかけているのかとも思ったが、結構頻繁《ひんぱん》にメガネのずれを直しているということは、このフレームが君の顔用に調整されていないということだ。それはおかしい。君のようにきっちりしている女性の持ち物だと思えばなおさらだ。結論、君は毎日かけなくてもいいメガネを無理にかけている」

なんてことだ。しっかりバレている。

「というわけで、これは没収《ぼっしゅう》」

「あっ……！」

沙良から取り上げたメガネを、壮は自分のスーツの胸ポケットに入れてしまった。

反射的に取り返そうと手が伸びかかった瞬間、顎から離れた壮の手が沙良の身体を両腕ごと抱きこむ。

「ひっ……⁉」

吸い込んだ息がおかしな声になり、さらに頭は大混乱だ。右腕で軽々と身体を拘束されたうえ、壮の胸に押しつけられてしまった。

またそれが右側なので、目の前に取り返すべきメガネが見えるのに腕も手も動かない。

「っ……CEOっ、放してくださっ……」

「君がこんなに慌てるのは新鮮だな。明日はぜひこっちの君でいてくれ。恥ずかしがって慌て、困っている君は非常にキュートだ」

「で、ですが……」

なんだかとても恥ずかしいことを言われているような気がする。しかし少々気障《きざ》なセリフもさらっと決めてしまえるのは、単純にすごい。

「君は俺の同伴者として出席する。そうだろう？ 秘書としてではない。それなら、俺と並んでもおかしくない人物像を心掛けてくれ。君がＴＰＯを誤《あやま》れば、笑いものになるのは同伴させた俺だ」

「はい……」

それは間違いない。ドレスコードだけではないのだ。会場でだって、秘書としてではなく同伴者として彼を立てていかなくてはならない。

「先ほどまでの話を聞く限り、俺はもう少しで〝秘書〟をお供させるところだったらしい。企業パーティーじゃない場で、それはありえない」

「申し訳ありません」

「明日は俺の同伴者になりきれ。わかったな。こうして抱き寄せられたくらいで動揺するな」

「は、はい」

これはちょっと自信がない。相変わらず身体は固まっているし、心臓がバクバクいって喉から飛び出してきそうだ。

いつも一緒にいて行動している人なのに、思ったよりも手が大きく腕の力も強い。スーツに密着していると、酩酊《めいてい》しそうなほどいい匂いがする。

(どうしよう……なんか、頭がくらくらするし……)

こんなにも男性の身体にくっついてしまったのは初めてではないか。かつてセクハラ被害に遭《あ》った際にベタベタされた経験はあるが、それとは違う。

あのときは、ひたすらいやで気持ち悪かった。今はそんな感情がまったく湧かない。

動けないくらい壮の腕で拘束されているのに、その力強さが心地いい。我ながらおかしな気分だ。

髪が軽く引っ張られたのを感じる。直後、うしろでひとつにまとめていた髪がほどかれてサラリと広がった。

「髪もほどけ。こんなに綺麗な髪なのに、もったいない」

「別に綺麗では……」

「綺麗だ」

言葉どころか呼吸も止まる。

いつも一本でくくっているだけの髪だ。カラーリングしているわけでも形よくまとまるようセットしているわけでもない。

むしろ綺麗にまとまっているというのなら、先日アポなし訪問で沙良にやり込められたお嬢様のほうが当てはまる。

そんな冗談を言えば「それもそうだ」と笑って放してくれるだろうか。そうは思うが声が出ない。

髪をほどかれたことに驚いて顔を向けたときに、壮と視線が絡まった。仕事中とは違う、艶のある真剣みを窺わせる眼差し。迷いのひとかけらも感じさせず、まっすぐに見つめてくるその瞳から離れられない。

（どうしよう……動けない）

壮が沙良の髪をひと房撫《な》でるように取り、軽く握る。

「一時間前と言ったが、二時間前に迎えに行く。ひとまず普段着のままで待っていろ。メイクもしなくていい。すべて俺に任せろ」

「ですが、そのままでは……」

「別にルームウェアの君をパーティーに引っ張っていこうとしているわけではない。ドレスもメイクも、俺が手配してやる」

おそらく、おあつらえ向きの洋服がレンタルできる店にでも連れて行ってくれるのだろう。こういった華やかな行事に関する準備は不得手だ。詳しい人に任せられるなら、それに越したことはない。

「申し訳ありません、CEO……。私の中途半端な提案をご了解くださったばかりに、かえってご面倒を……」

「別に面倒じゃない」

沙良を見つめたまま、壮が手にしていた彼女の髪に唇をつける。

その視線に不可解な感情が湧きあがった。心臓が大きく脈打ち苦しいのに、足元が軽くなってふわふわする。

（なに……不整脈？　眩暈《めまい》？　なに、わたし、倒れる？）

髪に唇をつけられるとか、されると思ったこともないことをされている。その動揺《どうよう》も相まって、さらに壮の眼差しが沙良を動けなくする。

「君はまだ秘書のつもりでいるようだが、同伴者になるかぎり秘書の顔はするな。仕事で出席していますといわんばかりの顔をしていれば、君が意図している〝女性を近づけないための同伴〟にはならない」

「はい……、そのように努めます」

「俺を独占するつもりでそばにいろ。たとえるなら、恋人に近づいてきた女性を威嚇《いかく》する感じだ。わかるだろう?」

「威嚇……ですか」

たとえは……なんとなくわかる。

……気持ちがいまいちわからない。

——沙良は、恋人なんかいたことがない。

「それは……、CEOを恋人だと思えと……」

「そういうことだ。そのくらいの雰囲気を出せなければ君はストッパーになれない。できるな?」

「……本音を言えば、……そこまでの自信はありませんが……」

それでも、やらなくてはならない。上手くいけば、必ず壮のためになる。

「自信がないとか、君らしくないな」

壮の口元が綺麗な微笑を作る。髪から離れた手が、沙良のおとがいにかかった。

「少し……自信を持たせてやる……」

言葉の意味を考える間もなかった。素早いといえばあまりにも素早く……。

――壮の唇が、沙良のそれに重なってきたのである。

（えっ……なに……）

それじゃなくても頭がぼんやりしかかっていたのに、いきなりの事態に判断力がついていかない。

重なった唇が、食《は》むように沙良の唇の表面を擦《す》る。何度も繰り返されるなかでときどき軽く吸いつかれ、そのたびにさざ波のような痺《しび》れが湧《わ》きあがった。

強く閉じたまぶたが震え、戸惑いを示す。目を開くことも唇を動かすこともできない。それどころか、どのタイミングで呼吸をしたらいいものか……。

――誰かと唇を合わせるなんて、初めてだ。

（どうして、ＣＥＯとこんなこと……）

やっと思考が少し追いつくものの、相変わらずがっしり掴まれて身動きできない状態では突き放すこともできない。顔をそらそうにも壮の大きな手で顎の下をシッカリ支えられているせいで、まったく動かすことができないのだ。

その前に、身体に力が入らない。

壮の腕で拘束されているから動かないのではなく、あまりの心地よさに脱力しているのだ。

（心地いいとか……そんなこと……）

そんな気持ちになってはいけない。そう思っても身体がそれに従ってくれなくて、脳も駄目だと考えることを放棄《ほうき》しようとする。

「……口を開け」

命令口調なのに、しっとりとした囁《ささや》きで不快を与えない。ほぼ息を止めて呼吸がままならなかった沙良にとっては、ありがたい命令だった。

「……は……ぃ、ぁ……ハァ、ぁ……ぁンッ……」

返事をしたつもりが、せき止められていた息が一気にこぼれてきた。おかしなリズムで吐息が震え、恥ずかしさを感じて口を閉じようとする。

大きく息を吸い込んだ瞬間、ぬるりとなにかが入り込んできて閉じるタイミングを失った。

「ふっ……ぁ」

それが、壮の舌だというのはすぐにわかった。

口が半開きになったまま固まり、緊張しているせいか顎の関節が痛い。口腔《こうこう》内に入り込んだぽってりとした温かいものは、反射的に奥へと逃げた沙良の舌を優しく撫でてくる。

「ハァ……あ、ぁ……」

口で呼吸をしようとすると、一緒になっておかしな声が漏れる。

決して乱暴なことをされているわけではない。でも体温が上がって全身がちりちりと痺れるのはなぜだろう。膝の力が抜け、脚が震《ふる》えてきたのがわかった。

クスリ……と、壮が笑った気がする……。

ゆっくりと、唇が離れていく。口腔内の侵入者がいなくなっても、沙良は口を閉じられないまま、それでもゆっくりとまぶたを開いた。

「……すまない、調子にのった……」

——危険だ……。

沙良の中でなにかが囁く。

このまま、この人に見つめられていたら、頭の中がぐちゃぐちゃになる。

そう思うのに、理性というものを沙良の中から掻《か》き出してしまいそうな壮の眼差しから、目がそらせない。

「……イイ顔をする」

顎に触れたまま、壮の親指が沙良の唇を撫でる。指の感触は唇の感触とはまったく違うけれど、触れられることに反応した唇がひそかに疼《うず》いた。

「明日はずっとその顔でいろ。そうすれば大成功だ」

その顔、だの、イイ顔、だの、沙良にはわからない。

それでも、なにか得体の知れないものを感じてしまった頭と身体は、従順に「はい」という返事を沙良にさせてしまったのである。

第二章　ほぐれていく気持ち

——キスしたかった……。

（なにをやっているんだ……俺は）

昨夜から何度この言葉を繰り返し自分を戒《いまし》めただろう。

土曜日の午後、愛車に乗りこんだ壮は、エンジンをかけてからハンドルに両手をあずけ顔を伏せた。

これから沙良を迎えに行く。それから彼女の準備に入るのだが……。

彼女のことを考えると、どうしても昨日の執務室でのことを思いだしてしまうのだ。

沙良を帰したあと、しばらく立ちすくんでいた。自分がしたことを改めて考え、とんでもなく複雑な気分に襲われたのだ。

パーティーに同伴者をつけてはどうかと、以前から母にも言われていた。母は壮が幼いころから、息子の周囲に彼の容姿のみならず身分に惹《ひ》かれて寄ってくる女性が多いことを、とても気にしていたのだ。

重度なストーカーと化した女性が原因で傷害事件が勃発《ぼっぱっ》したときは、母の心労もピークに達し倒れてしまったほどだ。

そして壮の女性に対する警戒心も、一層強くなった。

女性除《よ》けのために同伴者をつけるなんて、面倒でしかない。

たとえビジネスとして依頼するのだとしても、その相手がビジネスとしての感情を超えてしまわないとも限らない。

謙虚な人間ならば、ここまで考えるのは自惚れかもしれないと立ち止まるだろう。

壮は立ち止まれない。自惚れだと思う余地がないほど、彼は幼いころから不快な経験が多すぎる。

煩《わずら》わしさに耐え、それを背負っていなくてはならないのなら、パーティーもイベントも一人で出席すればいい。

声をかけられても、興味がないものは興味がないという態度を貫いて、適当にかわしていけばいいだけだ。

しかし現実は思ったとおりにはいかず、避《さ》けられても適当にあしらわれても、しっかりと喰いついてくる猛者は多い。

男にしつこい女性なら、なおさら興味はない。「興味のないふりをしているだけでしょう?」と自分基準で奇襲をかけてくる輩には辟易《へきえき》する。それを上手く捌《さば》いてくれているのが、新しい秘書の森城沙良だ。

——面接のときから、もしかしたら彼女なら本当の秘書になれるかもしれないと感じていた。

ウォルシュラインの拠点はニューヨークにある。日本でのクライアントも外資系を中心にセレブ層が多い。

つきあいは幅広く、細やかな配慮も必要なことから、男女二名の秘書をつけていたこともある。

しかし女性秘書が壮に好意を持ち、仕事にならなくなって去っていくパターンがほとんどだ。

その場合男性秘書がすべての仕事を請け負うが、ただでさえ行動的な壮についていくのが精一杯で細かいところまで手が回らない。

結果、自分の力不足を嘆いて去ってしまう。

いっそ秘書なんかいらないと思ったこともあるが、やはりそういうわけにはいかないのだ。

意外に忍耐強く賢い女性かもしれないと感じた秘書もいたが、その秘書がストーカー化し問題になったあと、……本当に秘書なんかいらないと思った。

それでも体裁上秘書はつけろと両親に責められた壮は、条件をつける。

絶対に壮に興味を持たない者。または、期間雇用の派遣秘書にすること。

秘書を決めるための面接には壮も参加した。

質問は、面接を受ける者から見て中央と左側に座る人事担当者二人がメインである。もちろん、意識はその二人へと注がれるべき。

しかし……。

無理もないが、面接のために入場する者すべてが、最初から壮に視線を向け、質問に答えたあとも彼の様子を探るように視線をよこす。

壮は一切質問をしない。が、自分を気にしたと感じた時点で駄目出しをした。

『ありがとう、けっこうです』

彼のひと言で、次から次へと失格になった。

人事の二人はハラハラしたことだろう。誰が考えたって無理なのだ。入室して目の前に芸術品のような綺麗な男性が座っていれば、目がいってしまうのは仕方がない。

女性だけではない。男性だって驚いて目を向けてしまう。

だが、一人だけ、まったく壮を気にかけない女性がいた。

『君は俺の好みではないようだ』

人事の二人が、そう口にした壮に驚いたのは言葉の内容が原因ではない。

彼が、誰かに興味を示したことに驚いたのだ。

CEOが不採用以外の言葉を口にした。それも、彼に興味を持たない人間を探そうとしているのに、彼自身が「好みではない」と口にした。

これは、この女性に〝興味を持った〟証拠だ。

『わたしも、桐ケ谷CEOは好みではございません』

言われた女性の返しに、人事二人は卒倒寸前だった。

好みじゃないと言われて腹を立てたのか、それにしたって、CEO本人になんということを言うのだろう。

しかし、彼女は秘書に選ばれた。

森城沙良という女性。好みではないと言われ、臆せず好みではないと同じ言葉を返した、のちの鉄壁秘書。

実際、面接で壮は彼女に興味を持った。

彼女は入室してから視界の中に壮を収めたものの、壮が発言するまで一度も彼を見なかったのだ。

本来の面接担当である二人にだけ、忠実に向き合っていた。

彼女が壮を見ないぶん、壮はじっくりと彼女を観察していた気がする。

入室してきてすぐ気になったのは、彼女が、なぜ似合わない形のメガネをかけているのかだった。

フォックス型はかける人を選ぶ。顔つき、輪郭を選ぶといったほうがいい。

彼女には似合わない。直感的にそう思った。女性なら気にする点ではないのだろうか。

わざわざ似合わないメガネをかけているのはなぜだ。

……自分を偽《いつわ》ろうとでもしているのか。

壮にまったく興味を示さず、似合わないメガネをかけて、自分を隠す女性。

――面白い……。

彼女がなにを考えているのか、どれほどのものを隠そうとしているのか。興味が湧いた。

好意ではないにしろ、女性の内面に興味を持つなんて、壮自身が信じられない。

興味はあるが、思考と行動が読めない人間は、なにを考えているのかわからない胡散《うさん》臭さが好ましくない。

それだから彼女に言ったのだ。

『好みではないようだ』

と。

このあと、少しでも彼女が動揺していたなら、このミステリアスな雰囲気はハリボテかとがっかりしたことだろう。

しかし彼女はひるまない。よりによって、壮に対して「わたしも好みではない」と言い切った。

驚いたが、彼女しかいないと瞬時に心が決まった。

そして、その判断は間違いではなかったのだ。

頭は切れる行動力もある、女だてらに壮にぴったりくっついて仕事をこなす。もちろんクライアントへの細かいフォローも忘れない。

採用の条件として「俺に惚れるな」と駄目押しで言い渡したが、そんな必要はなかったのではないかと思う。

彼女は常に、必要のないメガネをとおして仕事だけを見ている。

彼女を秘書にしてから仕事の進行はスムーズで、連絡をとろうとしてくる女性への対応も完璧だ。

この一ヶ月間で、壮の中での沙良は抜群に信用の置ける人間として位置づけられた。

そんな彼女がパーティーに同伴者をつけろと言いだした。聞けない頼みだと感じたが、同伴者役が彼女だというのならば話は別だ。

きっと、完璧な同伴者になりきってくれるだろう。

なにも心配することはない。彼女はあくまで、完璧ＣＥＯの鉄壁秘書だ。

……それなのに……。

(待て！　落ち着け！　どうしてこんなに気持ちが荒《すさ》む！)

ハンドルに伏せた頭の中で、昨夜の執務室での沙良が消えない。

ピンクに染まった頬、泣きそうに潤んだ瞳、必要のないメガネを排除した彼女は、まるで自分を隠すためにまとっていた衣《ころも》を外したかのように素直で、純粋ささえ感じた。

服装のことで動揺する彼女からメガネを奪《うば》ったあと、パーティーでは秘書の顔をしていては駄目だということを教えようと、抱き寄せた。

彼女なら冷静に同伴者としての女性になりきれるだろうと、勝手に思いこんでの行動だったが……。

戸惑い、恥じらい、明らかに抱き寄せられたことで上がる体温。いつもの彼女にはないそれらの反応が、なぜか胸に詰まって全身におかしな電流が流れた。

完璧な同伴者としての自信を持たせる。……そんな意味を含めて……かこつけ、彼女の唇に触れた……。

違う……。

単純に、沙良にキスがしたいと感じてしまっただけだ。

（いくつだ俺は！　キスがしたくて我慢できなくなるとか……思春期でもあるまいし三十五にもなってなにを……！）

壮の自虐《じぎゃく》は止まらない。自分でも予想外すぎたのだ。まさか、あんな行動に走ってしまうとは。

しかし、どんなに自分の行動を蔑もうと、あの瞬間の自分が、本能のままに動いてしまったのは間違いがない。

「まいった……」

ハンドルから顔を上げ、やっとシートベルトを引く。

「……反則だ……女史」

彼女の表情が頭から消えない。その顔のまま待っていろと言ってしまったのは、かっこつけたのでもなんでもなく、またこんな彼女を見たかったからだ。

「好みじゃない男に……そんな顔をするもんじゃない……」

間違いない。

壮はあのとき、沙良をかわいいと感じた。

それだから、キスをしたくて堪《たま》らなくなったのだ。

キスのあいだ、はかなげに漏れていた吐息。その息づかいに昂《たか》ぶりを感じたのも、間違いではなかった。

彼女のことを思いだして全身が異常を起こしそうになったとき、スマホの着信音が壮を現実に戻す。

確認すると、壮の母親からだった。

おそらくこれから向かうパーティーの件だろう。ストーカー事件以来、母の心配性はさらに拍車がかかり、変わったことはないかと確認に余念がない。

今回のパーティーは大丈夫だ。優秀な秘書殿が、完璧な同伴者役をこなしてくれる。

「はい、壮です。どうしました？」

応答する自分の声が、どこか楽しげになっている。

それに気づいて、壮は思った以上にパーティーが楽しみなのだと感じた。

＊＊＊＊

――キスされてしまった……。

（いや、まずいって……。うっとりしてる場合じゃないでしょうが！）

昨日、一人暮らしをするマンションに帰ってきてから、何度この思考を繰り返しただろう。

姿見タイプの小さなドレッサーに向かい、沙良は自分の顔をじっと眺めた。

――明日はずっとその顔のままでいろ。

「……どんな顔ですか……」

思いだすのは壮の言葉。目の前の鏡に映るのは、メガネなしのノーメイクで情けない表情を直せない、沙良の顔だ。

壮が「いい顔」と褒めてくれたとき、自分はどんな顔をしていたのだろう。

困って、焦って、恥ずかしくて、泣きそうな顔をしていたように思うのに、なにがいい顔なのかわからない。

鏡を眺めたまま、唇を引き結ぶように上唇と下唇の表面を合わせてみる。すぐに離し、今度は指先で唇をなぞってみた。

（違う……）

これじゃない。

自分でどんな触れかたをしても、昨日、壮に触れられた感触には遠く及ばない。

「なんてことをしてくれるんですか……ＣＥＯ」

同伴者役を務める限り、秘書の顔はできない。恋人のように接しろなんて、その接しかたの経験がない沙良にはハードルが高い。

珍しく自信がないなんて言葉を使った沙良を、壮は気遣ってくれたのだ……。

自信を持たせてやる、というのは、少しその気にさせてやるという意味だったのだろう。キスのひとつでもしてやれば、気分が上昇して自信がつくのではないかと……。

本当に壮がそう考えていたのかはわからないが、好みではない女にキスまでできるということは、今回の同伴を失敗できない仕事と割り切っているからだ。

それだから、平気な顔をしてキスなんかできたのだ。

……まさか沙良が、初めてキスをしただなんて、思いもしない。

（初めてのキスが、仕事で……とか……）

鏡の中の自分が苦笑いをする。

それでも、今まで派遣先でのセクハラで危険な目に遭いそうになった経験もあるので、最悪の状況で奪われたのではないだけでもいいとしよう。

それに、壮にキスをされていやだと思わなかったのも事実だ。

むしろ、未知の感覚に酔ってしまい、マンションに帰りつくまで夢心地のままだった。

キスのひとつくらい、壮にとってはなんでもないことだ。自分だけがいつまでも気にしていてはいけない。

スマホから着信音が響きハッとする。見ると、壮がマンション前に到着したというメッセージが入っていた。

迎えに行くと言われたとき、わざわざ部屋の前まで来てもらうのもおこがましいので、マンション前の道路で待っていますと言ってあった。

外に出て待っていようと思っていたのに、壮のほうが早く到着してしまったようだ。

「早く出なきゃ」

昨日のキスを思いだして動かなかった身体は、壮を待たせてはいけないという使命感の前に活性化する。

バッグを掴んで部屋を出たのはいいが、そこでおかしな気配を感じた。

五階建てマンションの三階に沙良の部屋はある。外廊下なので部屋から出るとすぐに外の様子がわかるのだが、同じ階の住人が数人、手すり壁から身をのり出すようにマンションの前庭を見おろしている。

「すごい〜、大きな車だね」

「アメ車じゃん」

ときどき挨拶をかわす若い同棲《どうせい》カップルが、驚いた顔で凝視している。沸々と湧き上がる嫌な予感を胸に、沙良は急いで階段を下りた。

マンションを出る手前で、ざわめきの原因を悟る。

磨き上げられた漆黒が高級感をかもし出す。翼のエンブレムが有名な外車が、マンション前の縁石に横付けされていた。

外車とはいえセダンタイプで右ハンドルも生産されていることから、日本人としては親近感を持てる車種だ。しかしながら、その価格帯を考えると、沙良としてはまったくもって親近感なぞ持てない。

こんな高級車、この周辺では、いや、オフィス街で仕事をしていたって見たことがない。まさかこれは……と思ったとき、運転席のドアが開いた。

その瞬間、方々から抑《おさ》えきれない黄色い歓声が発せられる。

築二十年のマンション、敷地内は簡易舗装。一部にコンクリート割れが発生しており、修繕されないまま自転車のタイヤが引っ掛かると不評を買っている。

周囲を緑に囲まれた、といえば聞こえはいいが、単に剪定《せんてい》されていない木々が生い茂っているだけ。

そんな庶民の空間に現れた高級な外車。そこから出てきたのは、ディレクターズスーツに身を包んだ、作りもののように綺麗な男性である。

黄色い声どころか、様子を窺っていた住民は目をまん丸くして凝視していた。

「ああ、森城君、こっちだ」

そんな男性が、特定の人間を呼びながら助手席のドアを開けたとなれば、周囲の視線は一気にその人間に集中する。

「行くよ。おいで」

「は……はいっ」

周囲の視線が痛い。というか恥ずかしい。

おまけにこの美丈夫は沙良の焦りなど意にも介さず、にこりと秀麗な微笑みを浮かべ片腕を広げて助手席へ招き入れようとしている。

「すみません……CEO」

まともに顔が見られないまま車に乗りこむ。壮がクスリと笑った気がしたが、確認できないままドアが閉まった。

住民から注目されているかと思うと顔を上げられない。壮が運転席に座った気配がして車が動きだすと、沙良は遅ればせながら慌ててシートベルトを引いた。

「すまないな。マンションの近くで待ち合わせしたほうがよかったか？　考えてみれば、独身女性を白昼堂々と男が迎えにくるなんて、目立つに決まっている。気まずい思いをさせてしまった」

沙良がずっと下を向いていたので、住民に注目されていたのを気にしたと感じたようだ。しかし、本来どんな人物が誰を迎えにこようと気にされる環境ではない。それでも注目されてしまったのは……。

壮が目立ちすぎるだけだ……。

「わたしに注目したっていうより、マンションの人たちは驚いたんですよ。高級車からイケメンが降りてきたから。皆さんＣＥＯしか見ていません。わたしなんか、どこの女だ、くらいしか思われていませんよ。みんながみんな知り合いっていうわけでもないですから」

「そうか？　いや、君に迷惑が掛かっていないのならいい」

壮は安心して笑う。沙良の立場を気遣ってくれたのだから感謝すべきだろう。

「ありがとうございます。イケメンが降りてきてビックリした他に、すっごい高級車が停《と》まったから、よけいに驚いたんじゃないですかね。ＣＥＯがプライベートで乗っている車は知りませんでしたけれど、エンブレムを見てわたしも驚きました。このメーカー、お好きなんですか？　やっぱり右ハンドルのほうが運転はしやすいですよね。シートの座り心地、とってもいいですね～。このシート、特注枠ですね」

「森城君は、車に詳しいのか？」

「なぜですか？」

「乗り心地とか、エンブレムで喰いついてきた女性は初めてだ。たいていは〝大きくて立派な車〟でまとめられてしまう」

　間違ってはいないまとめかただ。

　車種に興味がなければ当然だし、エンブレムを見ても馴染《なじ》みのある国産車以外はよくわからないという者のほうが多いだろう。

　所持している車のメーカーにこだわりを持っている人なら、外見のみならず乗り心地を褒められると気持ちがいいものだ。

　壮も例外ではないらしく、わずかに声のトーンが上がったように思う。気遣ってもらったお礼とばかりに、沙良も微細な知識をフル回転させた。

「そんなに詳しいわけではないのですが、以前、外車も扱うレンタカー会社に派遣で入っていたことがあるんです。上司にすごいマニアックな男性がいて、外車語りがはじまると止まらなくて、よく長話につき合わされました。それで少しわかるようになっただけです」

「なるほど。無理にでも聞いていたら覚えるか」

「無理やりではないです。自分が知らない話って、聞いていたら楽しいじゃないですか」

「そう思えるくらい、その上司が話し上手だったってことだな」

「話の仕方は上手かったです。CEOが乗っている車のメーカーって、かつてアメリカ車のビックスリーだったじゃないですか。十年以上前に経営破たんしてイタリア車メーカーの傘下に入って、当時それが複雑で堪らなかったって、こぶしを震わせながら話してくれました」

「よっぽどアメ車が好きなんだな」

壮が楽しげにアハハと笑い、沙良はハッと言葉を止める。今の笑いかたと言葉のワイルド加減が、いつもの壮とかけ離れすぎていて意表をつかれたのだ。

完璧CEOというより……。

普通の男性っぽく感じてしまった。

（いや、CEOだって普通の男の人だし……いや、ちょっと綺麗すぎるけど普通の……）

普通。――そんなふうに、思ったことはなかったのではないか。

作り物のように綺麗な完璧CEO。

彼は、沙良のなかで完成されすぎた人だった気がする。

「それにしても、オフのときの森城君は、ずいぶんと声のトーンが明るいんだな」

「え？」

「今なんて、屈託がなくてとても自然な話しかただった。そうだな……友人と話をしているような……」

「あっ」

思わず手で口を押さえる。知ったかぶりをしていると思われたくなくて、苦笑いや身振り手振りを交えながらどことなくラフな態度をとってしまっていた。

いくら休日だからって、相手は上司なのだから砕けすぎてはいけない。改まって謝罪しようとしたが、その前に壮が口を開いた。

「いつもと違う森城君を見られて得をした気分だ。君はオフだととてもかわいらしいな。メイクとメガネがないせいかな」

くすぐったげに微笑んだ壮が沙良のほうに顔を向け、すぐに前を向く。運転中なので仕方がないのだが、今の表情をもう少し見ていたかったと感じてしまった。

不意打ちで頬が温かくなる。前を向いている彼から見えることはないとわかっていても、沙良は彼の視界から逃げるように下を向いた。

「すみません……。いくらそのままでいいって言われたからって、……本当にメイクもなしで……」

いつもは硬い表情とメガネで鉄壁秘書を作っている。そのいずれもないのだから、素《す》の自分を隠しようがない。

せめて、軽くメイクをしてきたほうがよかっただろうか。

車がゆっくりと停まる。もう到着したのだろうかと思ったとき、顎をくいっと持ち上げられた。

「キュートでいい。俺はこっちが好みだ」

車が停まったのは信号のせいだった。顎にあった壮の手はすぐに離れ、彼は前を向いて車を走らせる。

（CEOっ！　それは天然ですかっ！）

カアッと頬の温度は上がるものの、顔を下げることはできなかった。沙良の瞳は壮の姿をとどめ、視界から消すことを拒絶《きょぜつ》する。

いつもどおりの綺麗な横顔。けれど、どこかいつもとは違う気がする。気遣いができるいい人でも、いつもの壮は凛々しく厳粛《げんしゅく》なオーラをまとっていて……。

しかし今は、そこに〝人間らしさ〟を感じる。

かしこまらなくてもいい。普通に話して普通に接しても許されるような……。

「で……ですが、わたしも得した気分ですよ……。CEOはプライベートというか、好きなものの話だと雰囲気が変わりますね」

ここで負けてはいられない。沙良も感じたままを口にする。少しは戸惑ってくれたならおあいこになるのに、壮はまったく気にせず楽しげに笑う。

「そうか？　君と車の話ができて楽しかったせいかな。それとやはり、君のレアな顔が見られたせいだ。それだけでも今回の同伴役を託したかいがある。とても楽しい気分だ。君のおかげだな」

……なんだか、ズルくはないか……。

君のおかげ、なんて言葉を使われたら、――もっと、喜ばせたくなる。

「車の話っていうなら、意外だなって思ったこともありますよ。CEOがアメリカ車贔屓《びいき》だとは思いませんでした」

「なぜ?」

「CEOって、おばあ様がロシアの方とお伺いしていたので」

「ん? だからロシア車が好きだろうと思った、とか? 嫌《きら》いじゃないけど、ロシア車のメーカーとか知っているか?」

「あるじゃないですか。ほら、帆船《はんせん》がエンブレムモチーフの……」

「すごいな森城君! 詳しすぎる! 君の元上司に感謝したいくらいだ!」

「CEO! 前っ! 前見てくださいっ!」

かぶりつくように顔を向けたので、沙良は思わず壮の顔を押してしまった。いきなり顔を押すのも失礼だが、運転中なのだからよそ見をされても困る。

しかしめったにできないであろう趣味の話で煽《あお》ってしまったのはこちらの責任。沙良は息を吐きながらシートにお尻を落ち着け直す。

「すみません、適当な話題を振ってしまって。わたしも調子にのりました。CEOがあまりにも楽しそうにしてくれるので」

「なんだ、適当だったのか?」

「ロシア車は外車レンタルにもなかったメニューです。教えてくれた上司は、いつか取り扱うのが夢だって言っていたくらいで。そうそうその辺にある車でもないですし」

「うちの実家にあるが?」

「そうですか、ご実家に……えええっ!」

今度は沙良が身を乗り出してしまう。先ほどと違うのは、壮が前を向いているところだ。

「乗っていなくても整備はされているから、今度見にくるといい。なんなら乗せてやる。いや運転してみたい?」

「は、はいっ……じゃなくて、……ぇ、でも、ご実家、……あ、と……ぜひ、いやでもそんな図々しい……」

サラリと〝ご実家〟にご招待を受けてしまったが、喜び勇んで「はい」と言うわけにもいかない。沙良があたふたしていると、壮はまた声をあげて笑う。

「森城君は、本当に咄嗟《とっさ》の事態に弱いんだな。仕事をしているときはそんな様子微塵《みじん》もないのに」

「CEOっ」

「ということは、君は仕事に対する心構えが万全だということだ。決して焦らず冷静な対応ができるよう、いつでも準備を怠らないってことだな。実にけっこう。素晴らしい」

「あ……」

からかわれたのかと思ったら、どうやら褒められたようだ。

それでもこう話が変わるとは思わず出す言葉に困っていると、信号で停まった壮が沙良の肩をポンッと叩いた。

「君なら安心できる。今日は頼んだよ。よろしく」

頼りにされているのが直に伝わってきてくすぐったい。沙良は改めて背筋を伸ばし、いつものように表情を引き締めた。

「お任せください。わたしがＣＥＯをお守りします」

ちょっと大げさかもしれないが、このくらいがちょうどいい。張り切る沙良の言葉を聞いて、壮もそれに応《こた》えてくれた。

「君のために最高の戦闘服を用意してある。期待しているよ」

「はい」

戦闘服とはパーティー衣装のことだろう。これから選びに行くのかと思ったが、どうやら既に決まっているようだ。

着替えは衣装を借りる店舗のほうでするのだろうか。

壮のセンスで選ぶと言っていたこともあり、楽しみなような、ちょっと怖いような。どんな服装をさせられてしまうのかドキドキする。

沙良はちらちらと壮の服装を窺う。いつもの三つ揃えとは違うディレクターズスーツ姿。愛車と同じ上質な漆黒のジャケットに光沢感を感じさせるグレーのウエストコート。普通のネクタイではなくスカーフタイを用いているところが、なんともお洒落《しゃれ》だ。

この壮の横に並んでも許される装いとは……。どんなセレブな恰好《かっこう》をさせられても動揺しないように、覚悟だけはしておかなくては。

「ところでCEO、どちらのお店に行かれるんですか?」

軽く疑問をぶつけると、壮も軽く返してくれた。

「会社だ」

「はっ?」

沙良は目をぱちくりとさせた。

土曜日のせいもあって、会社のエントランスは閑散としている。

本来休日なのでひとけがないのは当然だが、それでもまったく誰もいないというわけでもない。足音しか響かないエントランスを歩いていても、奥の廊下からなのか、それとも二階フロアの声が階段から響いてくるのか、かすかな人の気配を感じる。

社員と顔を合わせる可能性を考えると、沙良からすれば気が気ではない。

メイクもしていなければピシッとしたスーツ姿でもない。いつもとはまったく違うスタイルの自分を見られてしまうのは、気まずすぎる。

なるべく誰にも会いませんようにと祈りつつ壮のあとをついていく。到着したのはあまりにも知りすぎている場所。壮の執務室の隣にある応接室だった。

そして彼に続いて入室した沙良は、戦闘服に着替えるために会社へ行くと言われたときより目を大きくしてしまったのである。

「沙良さん？　あらぁ、化粧してないと変わるねぇ、かわいい～」

なんとそこでは陽子が待っていたのである。いつものクリーンサービスの制服ではなく、黄八丈《きはちじょう》と思《おぼ》しき着物を着こなす姿は、ちょっとしたどこかの奥様風だ。

「お……小野田さん？　どうしてここに……」

「沙良さんの着付け役。壮さんに頼まれちゃってね、張り切って待ってたよ」

「着付けって……」

陽子の姿に驚いて目がいかなかったが、ソファのうしろに見える衣桁《いこう》に一着の着物が掛けられている。

光沢のある白地に有職文《ゆうそくもん》の菱《ひし》が浮かび、裾から走る藤色と黒のグラデーション、そして肩からは華やかに流れる熨斗《のし》文様《もんよう》。

目を惹かれずにはいられない美しさの中に漂う、上品な格調高さ。袖の長さから振袖だろうとは思うが、かつて成人式用に母が用意してくれたものより袖が短い気がした。

「頼まれた、とは、ものは言いようですね陽子さん。俺に森城君用の振袖を勧めたのも、着付け役を自ら申し出てきたのも、陽子さんではないですか」

「だって沙良さん、ドレスもいいけどキリッとしているから、粋に着物で決めてほしいじゃないか？　絶対に他の女なんか寄ってこられないほど綺麗だよ」

「陽子さんは森城君贔屓ですね」

「当然だよ。私はね、沙良さんは歴代秘書の中でもピカイチだと思ってる」

両手を腰にあて、陽子はえへんとばかりに胸を張る。壮は声をあげて笑うが、沙良はいまいちこの状況がわからない。

戸惑う沙良の肩を、陽子がポンッと叩いた。

「そんな顔しないで、沙良さん。ほら、沙良さんが同伴するって聞いたからさ、壮さんに頼みこんだんだよ」

「すみません、びっくりしちゃって……。陽子さん、ずいぶんとCEOと親しげなので……」

「わたしはね、壮さんがCEOになったころからこのビルで仕事をしている。沙良さんもそばにいてわかっていると思うけど、壮さんは警備員だろうとクリーンサービスの人間だろうと、わけ隔てなく接してくれる人だよ。だからこうして普通に話しをすることもできるんだ。ずっとここで働いているから、壮さんが平気な顔をしていたって、どれだけ意に沿わない苦労をしているかも知ってる。いい人なだけに気の毒でね。なんとかなればいいのにってずっと思ってた。沙良さんなら、この女性に無頓着なお坊ちゃんを助けてくれると思ったんだよ」

「陽子さん……」

壮が色眼鏡で人を見ないのはよく知っている。だから沙良だって秘書になれた。彼はクリーンサービスでビルに入っている人にも、こんなに慕われているのだ。

陽子と話すときだってあんなにナチュラルに、高圧的な態度のひとかけらもなく接している。縦関係の苦労をずっとしてきたせいもあって、沙良には壮が菩薩級のいい人に感じられてしまった。なんなら彼が尊敬している雄大と同レベルだ。

「ありがとうございます、小野田さん。CEOをそんなに想《おも》ってくださるなんて、秘書として光栄です。今日は、よろしくお願いいたします。こんなに綺麗なお着物……驚きました。小野田さんが見立ててくださったんですか？」

「陽子さんばかり感謝されて悔《くや》しいな。見立てたのは俺だけど？」

横から壮が割りこんでくる。沙良に微笑みかけてから、衣桁に目を向けた。

「ドレスもいいと思っていたんだが、同伴の話を聞いた陽子さんが着物はどうだろうと案をくれて。友人の湊のフィアンセの実家が呉服屋だったのを思いだした。聞いてみたら、ちょうどよく大人の女性が着こなすには御誂《おあつら》え向きな新作が仕立てあがってきたばかりだった。そこで、フルセット用意してもらったというわけだ」

改めて見ると、ソファやテーブルの上には帯や小物、草履《ぞうり》やバッグなどが並べられている。着物に合わせているのだから、こちらも絢爛豪華《けんらんごうか》な品ぞろえだ。

これだけのものを借りるとなると、値段はどのくらいになるのだろう。成人式用などでフルセット借りたっていいお値段がするはずだ。

呉服店で仕立てられた新作……。それを借りるとなると……。

「今日の同伴のお礼だ。君にプレゼントする」

「駄目です駄目です駄目ですっ‼　なんて恐ろしいことを言ってるんですかっ‼」

突拍子もない意見を耳にして、沙良の頭は混乱する。つい声をひっくり返して壮に詰め寄ってしまった。

素の沙良が見せる反応にも慣れてきたのかもしれない。壮はなにを気にする様子もなく平然と言い放つ。

「休日出勤手当、プラス、特別職務手当だと思え」

「こっ、こんな高額なっ……！」

「気にするな。たかだか数百万のことだ。君の働きに対する期待値を思えば安い」

「たかだかってぇぇっ……！」

自分を評価してもらえるのは嬉しい。しかしそれが〝数百万〟のものと比較されたうえでだと、考えるだけで恐ろしい。

着るために借りるとしても、もらうわけにはいかない。ここはなんとしてでも返す方向で話を進めなくては。

そのためには、壮の考えを改めさせなくてはならない。ここは秘書の顔で説得するしかない。意を決して壮をキッと睨みつける。……が、メガネがないせいだろうか、睨まれたはずの壮は不思議そうな顔をした。

すると、いきなり陽子が大きな声で笑いだしたのだ。

「かわいい！　いやぁ、沙良さん、秘書の顔をしていないときはこんなにかわいいんだね！　びっくりしたよ！」

「あっ……いえ、そのっ」

これは困る。せっかくの鉄壁秘書のイメージが、少なくとも今、二人の人間の前で完全に崩れ去っているのではないか。

「いつもそんな感じでいればいいのに。壮さんも、こっちの沙良さんのほうがかわいくていいんじゃないのかい？」

「そ、そういうわけにはいきませんっ。仕事はあくまで仕事の顔で……」

「いーから、いーから。お金の話をするより、私が選んだ着物を見てちょーだい」

陽子に腕をとられ衣桁の前に連れていかれる。そばで見ると、熨斗文様に使われている金糸銀糸が輝いて、とても豪華な作りなのがわかる。

「見立てたのはCEOなのでは……」

「壮さんはね、二着選んだんだけどどっちにするか決めかけていたんだよ。でも、沙良さんにはこっちが似合うって、最終的に私が決めた」

「陽子さんが決めてくださったんですか」

「もう一着の牡丹《ぼたん》と藤も捨てがたかったけど、沙良さんにはこっちって気がしたんだ。なんだろう……イメージだね。着物の柄で、その人に合うイメージってあるから」

陽子の言葉が頭の中で回る。やがてそれは記憶の声と重なった。

──沙良には、この柄が似合うよ。沙良のイメージだね。

「……嬉しいです……」

ポツリと呟き、沙良は着物を見つめる。

「……成人式用に、……母が選んでくれたのも綺麗な熨斗文様の振袖でした。わたしのイメージだから、絶対に似合うって……」

「成人式の着物と同じ柄？　じゃあ、今回は違う柄のほうがよかった？」

どうせ着るなら他の柄を。陽子はそう気遣ってくれたのだ。しかし沙良は着物を見つめたまま首を振る。

「いいんです。成人式に、わたし、着物は着られなかったし。……出席もできなかったから」

「熱でも出たの？」

「……成人式の前日に、母が他界したんです……。記念写真の前撮《まえど》りもしていなかったから、だから、結局着られなかった……。着物も、そのあといろいろあって……手元からなくなってしまって……」

「沙良さんっ！」

母のことを思いだして、少ししんみりしてしまっていたのかもしれない。勢いよく陽子に両腕を掴まれ、ハッとした。

「最高に綺麗に着付けてあげるからね！　化粧も髪も、沙良さんらしくかわいくしてあげるから！」

「陽子さん……」

「壮さんに写真撮ってもらおう？　綺麗に撮ってもらって、お墓かお仏壇かわかんないけど、亡くなったお母さんに見てもらおう？」

しんみりとしたのは沙良だけではなく、陽子の琴線《きんせん》にも触れたらしい。

「大丈夫！　心配しないで！　任せてっ！」

陽子は張り切って自分の胸をこぶしで叩くと、黙って見ている壮に顔を向けた。

「さあさあ、壮さんは出ていってくださいね。これから沙良さんを変身させなくちゃいけないんですから。もぅ、壮さんが見惚《みと》れるくらい綺麗にしますからね。覚悟して待っていてくださいよ！」

言いかたが大袈裟《おおげさ》だとは思うが、壮はクスリと笑い「執務室で待っている」と言って出ていってしまった。

「覗《のぞ》いちゃ駄目ですよー」

からかうようにひと言付け加え、陽子は沙良に向き直る。

「……いろいろ頑張ってきたんだね。偉いね」

同情や憐《あわ》れみではない。温かみを感じる言葉とともに頭をひと撫でされ、……不覚にも、涙腺がゆるみかけた……。


お正月や成人式、卒業シーズン、夏祭り時期。種類は違えど、着物姿の女性をよく見かける。八月末はまだ夏に分類されるし、ときどき浴衣や夏物の着物で歩く女性の姿を見かけることはあるものの、この時期の振袖姿はとても目立つものだ。

ただでさえ和装は目を引く。外資系ホテルのエントランスでは、さらに注目された。

ホテルの前で車を降り、壮に手をとられてエスコートされたのだが、すれ違う男性女性、外国人から日本人まで。振袖姿の沙良を目で追っていく。

「大人気だな」

「恥ずかしいです」

沙良の手をとった壮はゆっくりと歩いてくれた。彼は背も高いが当然のように足も長い。いつも一緒に仕事をしているからわかるが、歩幅も大きい。

いつもならそんな彼に負けじとついていくのだが、今日の沙良は着物の裾幅《すそはば》の関係で歩幅が狭《せま》く、履《は》き慣れない草履ゆえに歩調もスローだ。

そんな沙良に、壮は合わせてくれているのだろう。

(わたしを見てるっていうより、CEOを見てるんじゃないのかな)

ホテルのロビーを進みエレベーターホールへ向かいながらチラリと視線を上げると、即座に気づいた壮が視線を合わせてくる。どれだけ視界が広いのだろうと思うくらいの察しのよさだ。

「心配しなくても、とても綺麗だ。メイクも髪型も、陽子さんに任せてよかった」

「ありがとうございます。お世辞でも嬉しいです。わたしも驚いていますが……」

陽子はとても丁寧に沙良を変身させてくれた。

せっかく思い出の着物に似たものを着るのに、窮屈な思いをするのはいやだろうと、着物にありがちな体形補正もさほどしていない。それなのにとても綺麗に着付けられていて、不思議なことに帯も苦しくない。

メイクもナチュラルだが目元を少し際立たせることで凛とした雰囲気を出し、軽くねじってまとめ上げた髪に添えられている花とパールの飾りが、上品なかわいらしさを演出している。

本当に驚いたのだ。いつもとはまったく違う自分になったようで、魔法にでもかかった気分

だった。

「お世辞ではない。綺麗だ。こんなに変わるとは俺も思わなかった」

「そんなに盛り上げてくれなくても大丈夫ですよ。ちゃんと役目は果たしますから」

会場は二十階にあるホールらしい。ちょうどエレベーターのドアが開いたので、先に待っていた五人の男性たちのあとについて乗りこもうとすると、男性たちが先を譲《ゆず》ってくれた。

おまけに綺麗な着物にぶつかって崩してしまったら大変だと言って、同乗を辞退してしまったのである。

五人とも外国の男性だった。少々たどたどしいが正しい発音で「きれいですね」と言われ、照れるやら嬉しいやら。

「ほら、俺以外にも綺麗だって言ってもらえただろう？　自信を持て」

二人きりのエレベーター内で、壮は自分の意見が正しいことが証明されたと言わんばかりのしたり顔だ。

「俺を独占するつもりで同伴者を務《つと》めろと言っただろう。自信を持たないと、周囲の華やかさに呑《の》まれる」

パーティーというからには、女性は着飾ってくるだろう。ちょっと褒められたくらいであたふたしていては駄目なのだ。

「すみません、ＣＥＯ。気を引き締めて、強気で行きます」

「まず、それが駄目だ」

「はい？」

せっかく気持ちを引き締めようとしたのに、いきなりの駄目出し。怪訝《けげん》な顔で壮を見ると、預けていた右手を強く握られドキリとした。

「もうホテルに入っている。会場はすぐそこだ。俺をＣＥＯと呼んでどうする」

「ですが……」

「秘書として出席するのではないと言っただろう。ＣＥＯなんて呼んでいたら、秘書か金で雇《やと》った女だと思われる」

パーティーに仲よく同伴するほどの親しさを求めるのなら、もっと砕けた呼びかたがベストなのだろう。

「では……僭越《せんえつ》ですが、桐ケ谷さん、とでも……」

「壮、でいい」

「はっ？」

思わず声が高くなる。ついでに握られている右手が彼の手の中でピンっと伸びた。

その手を引き寄せ、壮が顔を近づける。

「壮、もしくは、壮さん。それ以外の呼びかたは認めない。ＯＫ？　沙良」

なんの戸惑いもなく呼び捨てにされ、戸惑いのゲージは上がる。反論どころか返事もできないまま二十階へ到着し、エレベーターのドアが開いた。

その瞬間、空気が変わる。

爽《さわ》やかだがとても上質な蒸留水《じょうりゅう》で加湿されたものを吸わされているような感覚。それどころか、視界というか世界の色が明るくなった錯覚まで起こす。

そこに広がっているのは、会場となるホール前の広いロビー。ホテル一階のエントランスをそのまま移動してきたかのような豪華さ。いや、一階ほど広さがないぶん絵画やフラワーテーブルまでもが芸術品に見えて、美術館にでもいる気分になる。

ホール入口の両扉は大きく開け放たれている。開始時間前ではあるが、ブラックスーツやディレクターズスーツ姿の男性、そしてアフタヌーンドレス姿の女性が出入りしていた。

(なんというか場違い感がすごいんだけど……。顔に出ないようにしなきゃ……)

生活レベルが違う人たちの集まりなのだと思えばいい。いつも壮とは一緒にいるが、一対一でいるのと集団の中にいるのとでは重圧感が違う。

壮にも気づかれないよう小さな深呼吸を繰り返しつつロビーを進んでいると、どこからか声をかけられた。

「これはこれは、お美しいお嬢さんが一緒とは。貴殿《きでん》に恋い焦《こ》がれる娘さん方のむせび泣く姿が、目に浮かぶようだ」

皮肉にも聞こえるが、その声はおだやかで嫌みがない。

ホッとする口調と聞き覚えのある声だった。沙良が思ったとおりの人物、雄大が二人の前で立ち止まる。

雄大もディレクターズスーツ姿だ。普段からあまりネクタイ姿を見ない人なので、その意味でも新鮮である。

「ごきげんよう、雄大さん。今日は奥様はご一緒ですか？」

雄大の第一声を挨拶と解釈し、壮も無難に返す。間違ってはいないらしく、雄大の笑顔が揺らぐことはない。

「ごきげんよう。ホールの中にいますよ。弟たちの奥方たちと盛り上がっているころでしょう。それより……」

雄大が沙良に視線を移す。いつもの秘書だとバレるだろうか。むしろ雄大にはバレてもいいのだろうか。

「とても綺麗ですよ、森城さん。貴女なら、必ず壮君を救うために立ち上がってくれると信じていました」

不思議そうな顔ひとつするわけでもなく、雄大はすぐに沙良だと気づいたようだ。さすがの観察眼。沙良もにこりと笑って彼に応える。

「ありがとうございます、片桐様。今日はシッカリとCE……ぁ、あの、防御壁《ぼうぎょへき》になれたらと思います」

ＣＥＯと言いかかり、名前のほうがいいかと思い直す。しかし言い換える間もないまま、ぼかした状態で言葉は進んでしまった。

「これだけ美しいお嬢さんがそばにいるのに、迂闊《うかつ》に寄ってくるご令嬢はいないでしょう。すでに数人の女性が泣きながら帰り支度をはじめていますよ」

とんでもない内容だが、雄大が言うと大げさにも嫌みにも聞こえないのは人徳《じんとく》のなせる技だろうか。反論する気も起こらない。

「しかし、本当に変身しましたね。とてもかわいらしい。壮君の好みにストレートではありませんか」

「そ、それはないですっ」

これだけは反論せずにいられない。沙良は壮から「好みではない」と言い渡されている女だ。間違っても肯定してはいけない場面だ。

しかし雄大も引かなかった。こともあろうに壮に確認をとってしまったのである。

「どうせ同伴するなら、好みの女性と一緒にいたほうが気持ちがいいものです。そうですよね、壮君」

「そうですね」

壮はサラリと肯定する。雄大に気を遣って合わせたのかもしれないが、優しく微笑みかけてくる彼を見ていたら……そうではないと思いたかった。

壮が本心でそう思ってくれるほど、今の自分は変わっているのだろうか……。

「桐ケ谷社長っ、みーつけたっ！」

妙に浮かれた声が沙良の思考を遮る。いきなり背後から現れた人物は沙良を突き飛ばす勢いで壮とのあいだに割って入り、彼の腕を掴んで引き離した。

「いついらっしゃるかと思ってソワソワしていたんですよ！　お会いできて嬉しい！」

絵に描いたような笑顔で壮に密着しているのは、先日、アポなしで壮に会いにきて沙良に追い返されたお嬢様である。

「ごきげんよう。貴女も招待されているとは思いませんでした。本日の主役と、どちらでお知り合いに？」

「知り合いじゃないですよー。桐ケ谷社長にお会いしたくて、会社のつきあいで招待されていたパパに連れてきてもらったんです」

壮は淡々と応じるが、お嬢様は一人ではしゃいでいる。しかし彼女の答えに不快なものを感じたらしく、かすかに眉が寄った。

「本日は誕生日パーティーですよ？　主役を祝《いわ》う気がないのなら、遠慮するべきでは？」

「でもぉ、桐ケ谷社長に会いたかったんですよ～！　水くさいわぁ、同伴者が必要なら、声をかけてくだされればよかったのに！　わざわざお金を出して雇わなくたって！」

壮の腕に絡みついたまま、彼女はチラリと沙良に視線を向ける。

いつもはシングル出席の壮が今日は同伴者付ということで、彼女も泣きながら帰り支度を始めた一人……では、断じてないようだ。

かえって、壮が同伴者を連れているのを知って、商売女がふざけるなと奮起《ふんき》したパターンだ。

（でも、迷惑がられているのに気づけないって、かわいそうかも……）

どう見ても、壮はお嬢様の出現を歓迎していない。しかし彼女は自分かわいさのあまりそれがわからないのだ。

（なにもかも与えられすぎて、自分本位になりすぎている人の典型だなぁ……）

呆《あき》れるとともに、ちょっとかわいそうになってきた。彼女はこれからもずっと、こんな環境で生きていくのだろうか。

ふと、雄大がジッと沙良を見ていることに気づく。今注目するべきは、いらない執着をされている壮のほうだろう。現にロビーにいる人たちも、お嬢様の浮かれた声に何事かと目を向けている。

雄大は……沙良に問いかけているのだ……。

――どう収める？　秘書殿。……と。

穏やかな表情で、とても厳しく沙良を探っている。

聖人君子に騙《だま》されてはいけない。たとえ第一線から退いていようと、彼は世界的大企業の創始者だ。

沙良はキュッと奥歯を噛《か》みしめる。そうだ、失敗は許されない。自分は壮の同伴者であり、この場で唯一彼のそばにいることを許された女だ。

「ねぇ、桐ケ谷社長ぉ、今の秘書、すっごく意地悪なんですよ。知ってます？　先日、せっかく社長に会いに行ったのに、追い返されてしまって。絶対に会わせないって言うんです。ひどいと思いません？」

壮の反応が薄いことにも気づかないまま、お嬢様は嬉々《きき》として告げ口をする。

沙良に面会を許してもらえなかった件だが、壮もあの場にいたのだからどんなに脚色しようと無駄なだけだ。

むしろ、秘書に意地悪をされたと被害者ぶればぶっただけ不利になる。

「貴女がいらっしゃるという話は聞いたことがありませんでしたが？」

「あらー、以前お会いしたときに、いろいろゆっくりお話がしたいから会いに行きますねって言ったじゃないですか。それなのにあの秘書ときたら、会いにきたことを社長に伝えてもくれないの。職務怠慢じゃありません⁉」

どうしても秘書を悪者にしたいようだ。先日、アポもとらない常識知らずな態度で、たくさんの社員の前で恥をかいたのを忘れたらしい。

「すみません、ちょっとこれ、貸してくださいます？」

沙良は近くにいたホテルの女性従業員に声をかけ、不思議そうにする彼女からかけていたメガネを借りる。

それを片手に、いそいそと壮に近づいた。

「会いに行くと言っても、いつ、何時《なんじ》に、のお約束は大切ですよね？　それを怠るのはいかがかと存じますが？」

お嬢様が掴んでいた壮の腕に片腕を回し、さりげなく彼を取り返す。その腕に身体を寄せてしっかりと抱きつき、沙良はお嬢様を見据えた。

「それ以前に、このような場所で恥ずかしげもなく他者を蔑《さげす》む噂話。不必要に騒ぎ立てるのは、大人の女性としても恥ずかしい行為かと」

「な……なんなの、この女！」

いきなり手を出してきた女に油断して離れてしまったのだろうが、お嬢様は反対側に回って壮の腕をとろうとする。その手を、沙良はメガネを持った手で遮《さえぎ》った。

さわるなと言わんばかりの態度が気に喰わないようだ。彼女は目を三角にして沙良を睨みつける。

「ひっこんでなさい！　雇《やと》われ女が！　あたしを誰だと思ってんの！」

「貴女がどなた様でも、この場でわたしがご忠告差し上げられるのはひとつです。ここで貴女が好き勝手に振る舞えば、貴女をお連れになったお父様に恥をかかせることになりますよ。おわかりですか？」

「パパは関係ないでしょ！」

「そう思っていらっしゃるうちは、貴女は公《おおやけ》の場に出ないほうがよろしいかと。……ウォルシュライン社で高圧的に振る舞ったときは、あなた一人の恥で済みましたが、公の場では貴女だけの問題では済みませんよ」

言葉の途中で、沙良は借りていたメガネを半分顔に通し、レンズ越しに視線を鋭《するど》くして彼女を見据える。

なにをしているのかと怪訝な顔をしていたお嬢様は、まさかの可能性にハッと息を呑んだ。

ホテルの女性従業員から借りたメガネは、おあつらえ向きのフォックス型。この形越しに睨みつけられれば、嫌でもエントランスで秘書に恥をかかされたことを思い出す。

「壮さんに対する貴女の執着ぶりは、一歩間違えば法に抵触《ていしょく》する可能性があることも、ご承知おきください」

「お……大げさなこと言って、脅《おど》しているつもり……⁉　なんなの、お金でも欲しいの⁉」

「壮さんの携帯、プライベートのほうですね、番号をどこでお調べになりました？　壮さんは教えておりません。おまけに貴女、そこに、他人には見せられないような写真を送っていますね。扱い次第では、わいせつ罪になりますよ」

「な……！」

あまり声高に言うことでもないのでトーンは落としたが、かえってそれが相手を威嚇したようになってしまった。

お嬢様は一瞬怒りの表情を作るものの、さすがにまずいものを感じたのか、自然と一歩後退して沙良から視線だけをそらす。

「これ以上、おかしな騒ぎを起こされませんよう。――貴女を、こんな振る舞いができるほどにかわいがってくださるお父様や、……その名誉のためにも」

お嬢様の口は開かなかった。ロビーに出ていた人たちも動きをとめ注目している。のみならず、ホールの中からもこちらを窺っている者の姿があった。

これが、これからパーティーが行われる会場前かと思うほどロビーは静まりかえっている。ホールから音楽が漏れてきているが、それを圧するほど空気が重い。

沙良はメガネを外し、一度まぶたを閉じて表情を改める。壮を見て、にこりと微笑んだ。

「ね？　壮さん」

あくまで、壮に許された同伴者の顔で、彼に同意を求める。

沙良の変わりように通常なら驚いてもよさそうなものだが、壮はふっと微笑み、腕に抱きつく彼女に顔を寄せて仲睦《むつ》まじい様子を作りあげたのである。

「ああ、そうだね。君は正しいよ。沙良」

沙良、と名前を呼ばれてから、今まで自分が「壮さん」と口にしていたのがいきなり恥ずかしくなった。

話の進行上、強気でいかなくてはいけない場面だ。妥当な呼びかたであったにしろ、最後の同意を求める顔はやりすぎだっただろうか。

「なーに、このアンダーカードは。メインカードより面白いものを見せてくれるじゃないの。最高ね」

重い空気を一掃する、ハスキーだが甲高い声。複数の人間が近づいてくる気配とともに、一人の女性が目の前に立った。

「ごきげんよう、壮君。なぁに？　君の彼女、むちゃくちゃいい女じゃない！」

上質な薄グレーのテールコートを、スカーフタイやアクセサリーでファッショナブルに着こなしている人物だ。

壮と同じくらいの高身長なうえ、服装を見ても男性なのだが、赤みブラウンのグラデーションがかかったストレートヘアが腰の下にまで垂らされ、マネキンのように整った顔は中性的で女性にしか思えない。

壮も作り物のような綺麗な顔だが、こちらもまた違う雰囲気の人形的な美しさがあった。

「ごきげんよう、ハルさん。今日はお招きありがとう。プレゼントは届いていた？」

「ロスの家に届いているわ。こっちのスタジオに送ってくれるのかと思っていたのに。相変わらず焦らすわねぇ。でもいい、いきなりすっごく楽しいもの見せてもらっちゃったし」

ハルと呼ばれた女性は沙良に目を向け、綺麗な微笑みを見せる。

「楽しかったわ。ありがとう、お嬢さん。楽しむために来てくれたのに、いきなりいやな思いをさせてごめんなさいね」

「い、いいえ……」

視界の隅で、お嬢様が父親らしき人物に腕を引っ張られ立ち去っていくのが見える。二人はかたわらで傍観者を決めこんでいた雄大に何度も頭を下げると、逃げるようにエレベーターへ飛びこんだ。

ハルと一緒にやってきた黒スーツの男たちが、ロビーに出ていた人たちをホールへ促す。そろそろパーティーが始まるのだろう。

「雄大さんが連絡してくれなかったら、このお嬢さんの勇姿を見逃すところだったわ。でも、本当にかっこよかったわよ。あなた、名前は？」

ハルは嬉しそうに褒めてくれる。壮のためにやるべきことをやっただけなのだが、こんなに称賛されるとまた恥ずかしくなる。

沙良は壮の腕から離れると、静かにお辞儀をした。

「森城沙良と申します。いつもは……」

壮の秘書をしていると口に出しそうになるが、今日は秘書ではない。それでも、主役の彼女にならば身分を明かしても大丈夫だろうか。

そんなことを考えていると、いきなりガバッとハルに抱きつかれた。

「やーだ、かわいいっ！　この子気に入った！　壮君っ、この子、アタシにちょうだい‼」

「なに言ってるんですかっ、沙良は俺の……」

「いーじゃない、誕生日プレゼントっ」

「ロスに送りました」

はしゃぐハルの腕の中で目を白黒させている沙良を助け出してくれたのは、雄大である。彼は笑いながら真実を告げた。

「気をつけてください。あんなナリをしていますが、ハル君は男性ですから」

「は……？」

沙良は目を丸くして呆気《あっけ》にとられてしまった……。


ロビーでのひと騒動はあったものの、パーティーは問題なく始まった。

大きなホールは立食形式で、アルコールもバラエティに富《と》んでいる。自分で注文することもできるし、ホールではウエイターが数種類の飲み物を持って歩いているので、そこから好きなものをもらってもいい。

あまりにも多種多様すぎてなにがなんだかわからず、沙良は無難にフルーツフレーバーのカクテルを選んだほどだ。

選んだ……というより、選んでもらったのだ。

ハルに……。

「もぉー、沙良ちゃんかわいいわぁっ！　アタシー、ロスに持って帰るー！」

クールビューティーから発せられる、テンションマックス。

黙って立っていれば知的美人なのに、……の前に、彼女、いや、彼が男だとは信じられない。

会った早々に気に入った宣言をされ、なんと沙良は壮の同伴者であるにもかかわらずしばらくハルのそばに置かれ、飲食しながら会話をともにしたのである。

そのあいだ壮は、友人知人と談笑していたようなのだが……。

一時間弱たっても沙良を解放しないハルに業を煮やしたか、ほぼ強制的に引き離されてしまった。

壮の同伴者としてやってきたのに、いくら主役の要望だったとはいえ、彼からずっと離れていたのはまずかった。きっと、自分の役目を思いだせと怒っているに違いない。

「あの……壮さん……、お飲み物、持ってきましょうか……」

おそるおそる聞きながら、二人で座るテラス席から立ち上がりかける。並んでいる壮が眉をひそめ、座っていろと言わんばかりに人差し指を下に向けた。

沙良はおとなしくストンっと座る。これは本当に怒らせてしまったのかもしれない。

考えてみれば、同伴者がずっと他の男と一緒にいるのだから、もしや壮に、男として恥をかかせてしまったことになるのではないか。

(どうしよう……)

沙良がハルから引き離されて連れてこられたのは、ホールのテラス窓から出たところにある広いバルコニー。

二人用のお洒落な椅子とテーブルが三セット置かれている。中央は向かい合わせだが、左右にあるものは二人並んで座るベンチ型の椅子だ。

壮と沙良は、左側の席に並んで座っていた。沙良の右側に壮がいて目の前にテーブルがあるので、彼がよけてくれなければ席から移動できない。

「……申し訳ありません、壮さんのそばにいられなくて……。わたしの役目なのに……」

「ハルさんの話は楽しいだろう?」

ひとまず謝ろうとしている沙良の言葉を、壮が遮る。彼はハアッと息を吐き窓のほうに顔を向けると、ちょうど目が合ったウエイターに軽く手を上げて合図をした。

やってきたウエイターは壮の横で跪《ひざまず》き、持っていたトレイを差し出す。そこには数種類の飲み物がのせられていて、壮は同じカクテルをふたつ取った。

立ち上がったウエイターは会釈をして去っていく。セレブ用に訓練されているのだろう。そつのない動きが綺麗で、つい見入ってしまった。

「なにを見ているんだ?　ああいう男が好みなのか?　沙良より若い男だったぞ」

カクテルグラスをひとつ差し出され、受け取りながら反論する。

「違います、すごく礼儀正しいなと思っただけです。普通のホテルとは違う教育をしているんだろうなって……。セレブ専用かなとか。そんな接客に慣れている壮さんもすごいな、とか」

「沙良は面白いことを言う」

壮は笑顔でグラスに口をつける。少し機嫌が直ったのだろうか。そう思うと、沙良の口元もなごんだ。

機嫌が直ったなら、改めて謝っておいたほうがいいだろう。渡されたカクテルを少し喉にとおしてから、沙良は口を開いた。

「あの、壮さん……」

「すまない」

声が重なり、謝られてしまったことで沙良の言葉は止まる。基本、ボスと喋《しゃべ》り出しが重なってしまったときは自分が引くので、その癖かもしれない。

「沙良が、ハルさんといてとても楽しそうにしているのを見て、……沙良は俺のパートナーなのにと、大人げない感情が動いてしまった。いきなり連れ戻したりして、……驚いただろう。すまなかった」

「そんなこと……。わたしだって、壮さんのそばにいなくてはならない立場なのに、いつまでも役目を果たせずで……」

「いや、主役の気分を盛り上げていたんだから、沙良は悪くない。俺が勝手にジェラシーを感じて……」

「ジェラ……」

すごい言葉を使われてしまった。

こんなストレートに嫉妬したなんて言われるのは初めてだし、だいいち男性に嫉妬した気持ちをぶつけられるなんて経験はない。

壮はなんの照れもためらいもなく言ってしまう。それも膝にのせていた沙良の左手に彼の左手を重ね、柔らかく握ってきた。

「……ハルさんは、物珍しかっただけですよ……。着物姿の女性って、わたしともう一人くらいしかいなかったし……」

「ハルさんは中性的で女性に間違えられやすい人だけど、彼自身女性の趣味には細かくてとてもこだわる人だ。美人だろうが個性的な服装をしていようが、興味がなければ見向きもしない。明らかに沙良に興味を持ったんだ」

「それは光栄ですが……」

「こんなジェラシーは新鮮すぎて……自分でも戸惑ってしまった……。申し訳ない」

本当に壮自身が困っているようだ。なんでもそつなくこなす完璧な人であるぶん、人を羨《うらや》むなんて感情もあまり持ったことがないのかもしれない。

そばにいて自分に心を配してくれるはずの人を横から持っていかれれば、イラついてしまうのは人として当然の感情だ。

彼はそのイラつきを、嫉妬とはき違えているのではないだろうか。

ジェラシーというものは、別に恋愛感情だけで使う言葉ではないし、妬ましいだけの感情を表すものでもない。

親、兄弟、友だちや同僚、羨ましいという感情にだって使う。

壮は、ハルと沙良が話しているのを見て、二人で楽しそうにしているからジェラシーを感じただけだろう。

(それもまた、かわいい理由だけど)

「気にされないでください。ちょっと脱線しましたが、わたしはあくまで壮さんのそばにいるために連れてきていただいたんですから。かえって、離れていた一時間弱、防御壁になれていなくて申し訳ありません。気にはなっていたんですが……」

同伴者としての沙良を周囲に知らしめ、壮に煩わしい思いをさせないようにするのが目的だったというのに。

離れていたあいだに声をかけられることもあったのではないだろうか。

それればかりが気になってはいたが、沙良を退屈させないようにと興味を引く話をしてくれたり食べ物を勧めてくれるハルを、無下にすることもできなかった。

「それは大丈夫だ。なんといっても、開始前にあれだけのことをしてくれた。今回はすごい女性を同伴していると思われたらしく、煩わしいことはなかった」

「そうですか、よかったです」

ホッと胸をなでおろし、ついでにカクテルに口をつける。最初に飲んだときは意識できなかったが、カカオのような甘さがあってまろやかで美味《おい》しい。

白茶色で表面が白い。中央にふりかかった微量《びりよう》の細粒《さいりゆう》からはシナモンの香りがする。カクテルグラスに入っていなければ、カフェオレと間違えてしまいそうだ。

お嬢様の件もあったことだし、ストレスを感じただろうと思って甘いカクテルを選んでくれたのだろうか。表面の白い部分に気をつけて飲まないと、もしかして牛乳のように唇が白くなってしまうかもしれない。

そんなことを考えて、つい「ふふっ」と笑ってしまった。

壮の手が重なっている左手をキュッと握《にぎ》られる。顔を向けると、なんとも言い難い艶《つや》っぽい眼差しが沙良を見つめている。心臓が飛び出してきそうなほど鼓動《こどう》が跳ね上がった。

「……パーティー前の大立ち回りを知らない何人かに話しかけられたが、一緒にいた雄大さんが『特別なパートナーと一緒ですから、ご遠慮ください』と断りを入れてくれた。『沙良さんがいないときは庇《かば》ってあげますよ』と言ってくれて……」

「片桐様がですか？　それは、大変なお心遣いをいただいてしまいましたね」

「俺に、というより沙良に気遣ってくれたんだ。このパーティーで俺が煩わしい思いをすれば、それをさせないために同伴させられたはずの沙良が役に立たなかったという結果になってしまう。君の評価を、下げないためだ」

「そんな……」

そう考えると、すごい、というよりは雄大に礼を言うべき案件だ。まさか自分に対してそんな気を回してくれるなんて。

「このパーティーで、俺に同伴者をつければ……と君に気づかせるよう話を持っていったのは雄大さんだろう？　ここで会ったとき、沙良なら俺を救うために立ち上がってくれると信じていたと言っていた。あの人の頭の中にあるフローチャートには、沙良が俺の同伴者になり、ハルさんに気に入られ、俺がジェラシーのあまり取り返しに行くところまで入っていたんだろう。……クソッ」

イラついた声は途中から早口になり、とうとう最後に彼には似合わない悪態をつかせる。沙良は驚いて目をぱちくりとさせ、同じ色のカクテルを一気に飲んでしまった壮を見つめた。

彼はグラスをテーブルに置き、沙良との間隔を詰める。

「ハルさんといい、雄大さんといい、どうして君は、そうやってたやすく人の心を掴んでしまうんだ」

「そんなことは……お二人とも、わたしが壮さんのそばにいるから気を回してくださるだけだと……」

「それを見て、ムカムカと妬心《としん》を募《つの》らせてしまう自分が愚かしくて堪らない。けれど止められない。沙良を取り返して少し落ち着いたのに、それでもまだ、誰かに連れていかれやしないかとビクビクしている」

——ドキドキする……。

胸の奥が、きゅうっと絞られるように痛い。

鼓動とは違うなにかが飛び跳ねて、へその奥がきゅんきゅんする。

（なに……これ）

壮の眼差しが痛いくらいに熱いのだ。見つめられていると、頭の中が蕩《とろ》けてしまいそう。

綺麗な人なのはわかっている。

仕事中だって、このパーフェクトな人をいつも見ているのに……。

今日みたいな壮は、初めてだ。

自分の同伴者に他の男性が気を遣っていたから、ほのかなジェラシーを覚えただけ。……ではないのだろうか。

これは本当に、胸が熱く切なくなる、嫉妬というものでは……。

「……壮さんの心も、つかめているんですか……?」

この瞳をこれ以上正視していたら、失神してしまいそうだ。沙良は軽く視線だけをそらし、ひかえめに問いかけた。

「もちろんだ……。沙良が気になって、仕方がなかった」

沙良が小さな声になったからか、壮も声をひそめる。ただ小声になったのではなく、顔を近づけて囁かれた。

「それは、わたしがいつもと違うからですよね？」

「ん？」

「壮さんが見立ててくれた着物を着て、メガネを外して、……少しは壮さんの好みに近づけているから……ですか？」

壮には、好みではないと言われているのだ。それなら、着飾って雰囲気だけでも彼の好みに近づいたから、こうして心を寄せてくれるのだとしか思えない。

「近いどころか、困るくらい素敵だ」

急速に頬が熱くなるのを感じる。こうなると、至近距離に壮の顔があることさえ恥ずかしい。片手を握られているのはともかく、もう少し彼から離れようと動きかかる。……が、片手に持ったままのカクテルグラスがどうも危なげない。

こぼしてしまいそうだと感じて、沙良は慌てて飲み干してしまった。

すぐにグラスを壮に取られテーブルに置かれる。改めて沙良に顔を向けた彼が、クスリと笑った。

「唇が、白くなっている」

　カクテルの表面にあった白い液体のせいだろう。恥ずかしくなって手で隠そうとしたとき、膝で沙良の手を押さえていた壮の手が離れ、すぐに肩を抱き寄せられて彼の胸に押さえつけられた。

「あ……」

「取ってあげよう」

　その状態で顎を持ち上げられ……。ペロリと唇の表面を舐《な》められたあと、壮の唇が重なってきた。

　これは、昨日と同じではないだろうか。彼の片腕に抱きこまれ、顎を押さえられて、唇が重なって……。

　ただ、昨日より唇が熱い。口腔内がジンジン痺れて、それが胸の奥に刺激を与える。おまけに彼は顔の角度を変えて吸いついてくる。飲んだカクテルのせいもあるだろうが、頭がぼんやりしてきた。

（なんだろう、気持ちいい）

「……沙良」

　壮の囁きが熱く耳朶《じだ》を震わせる。不思議なほど高鳴る鼓動。これは、ただの不整脈ではない。

（この人に、ドキドキしてる？）

彼の胸に拘束する力強さ。押さえつけられる胸の感触が心地いい。そして、唇を擦られるごとに、吸いつかれるごとに感じる、この恍惚《こうこつ》としたものは……。

「……壮、さ……ぁ」

自分が漏らす声が、とても媚《こ》びたトーンに聞こえて恥ずかしい。けれど今は、どうしてもこんな声しか出ないのだ。

この胸の熱さから解放されない限り……。

それでも、きっとこんな気持ちになってはいけないのだ。壮のキスに翻弄《ほんろう》されながらも、沙良はせめてもの抵抗をする。

「駄目……です、こんな……いつものCEOじゃ……」

擦《かす》り動かされる唇の隙間から秘書に戻ろうとした沙良は、やっと意志を伝える。しかし壮はその言葉を吸い取った。

「ンッ……」

「今日は秘書になるなと言っただろう。約束を違《たが》えるつもりか」

「CE……」

「壮、だ」

しつこく繰り返そうとする沙良に、壮は強くくちづける。バルコニーでは二人きりだが、ホールには人がたくさんいる。誰かが窓から外を見れば、二人が唇を重ねているのがわかるので

はないか。ホール側からなら壮の背中しか見えないだろうか。

思考は巡るものの、本当の意識は唇の熱さに集中している。唇から伝わる熱が全身を包んでいく。頭がもうろうとして、どうしたらいいのかわからない。

ゆっくり唇を離した壮が、顎を支えていた手の親指で沙良の唇を撫でる。

「……いつもの……じゃないのは、君も同じだ。こんな顔を俺に見せるから……、いつもの自分でいられなくなる……」

「あ……」

「こんな君は、反則だ。……沙良」

拘束している腕の力がさらに強くなる。それでも大きく作ってもらった帯が邪魔をして抱きづらいらしく、頻繁に沙良の身体を抱き直す。

昨日も思ったが、こんな顔、がどんな顔なのかわからない。

ただ言えるのは、壮だってこんな熱っぽい瞳で見つめてくるのは反則だし、嫉妬したとかいつもの自分でいられないとか、思わせぶりすぎて心が乱れる。

――好みじゃない女に、していいことじゃない。

「メガネもそうだが、君は懸命に本当の自分を見せまいとしているのではないかと思うときがある。いつもの君は偽りか？　それとも、このどうしようもなく俺が惹かれてしまう、今の君が演技か」

「そんなことは……」

普通の会話のようにさらっと、すごいことを言われた気がする。愛の告白のように聞こえてしまうのは、自分の自惚れに違いない。

「このミステリアスな部分を暴いてしまいたい欲求で気が狂いそうだ。沙良、君を知りたい。……感じたい」

びくんと小さく身体が跳ねた。全身の体温が上がって、窮屈さを感じてはいなかったものが急に苦しくなる。

──君を知りたい。……感じたい。

大人なら、この言葉に込められた意味を悟るべきだろう。経験はなくとも、わからない子どもではない。

「でも……わたし」

「今日はずっと、俺の沙良、だろう?」

鼓動が激しすぎて、密着している彼にも伝わってしまっているのではないかと不安になる。

沙良は弱々しく視線を上げた。

「……本日の仕事の中に……、ベッドのパートナーを務めることも……含まれているんですか?」

「いる、と言ったら、……願いを聞いてくれるのか?」

少しだけ、壮がさびしそうに眉を下げる。その表情が沙良の胸に響いた。それだけで、今の自分がどれだけこの人に求められているかがわかる。

顎から壮の手が離れ、両腕で抱きしめられる。もう誰かに見られたら恥ずかしいとかは気にならなくなっていた。

「仕事じゃ……いやです……」

恥ずかしさに耐えながら、やっと本音を口にする。視線と一緒に顔も下がっていった。

「わたしも、壮さんを知りたいです……ですが……」

「なにか問題が？」

やっと沙良がその気になってくれたとわかり、壮の声のトーンが上がる。

あからさまに喜ばれてしまったようで照れくさいが、沙良はもっと羞恥を刺激する事実を口にした。

「わたし、……男の人を……知らないんです」

徐々に声が小さくなっていく。こんなことを口にしたくはないが、しかし壮は二十七歳の沙良が処女だとは思っていないだろう。

思っていないからこそ、誘ったのかもしれない。

「ですから、なにをどうするとかもわかっていませんし、……そんな女じゃ物足りないとか、壮さんを不快にしてしまうかもしれません。だから、壮さんがいやなら……きゃっ！」

おずおずと出ていた言葉は、いきなりのことに驚きのトーンを発する。壮の腕が身体から離れたかと思うと、なんの前触れもなく身体が浮き上がったのだ。

「大歓迎だ」

沙良を抱きあげた壮が、凛々しい笑みを浮かべる。凛々しいがどこか狡猾さを含んだ笑み。まるでビジネスの駆け引きに勝利したときのような……。

沙良は壮に姫抱きにされていた。帯が厚いぶん上半身は上手く起きるが、抱きかかえづらいのではないかとか重いのではないかとか、おかしなところばかり気になってしまう。

「最高だ、沙良。これはもう、運命だとしか思えない」

運命は大げさだ。そんなにこの年で処女だったのが珍しいのだろうか。

「俺のために、君が今まで綺麗な身体でいてくれたのだと、思ってもいいか?」

息を呑む。——なんて、……なんて恥ずかしくて胸が締めつけられるようなことをスルッと言えてしまえるんだろう。

「思わせて、沙良」

「……壮さん」

沙良を抱きかかえたまま、壮が歩を進める。ホールを抜ける際、ハルと視線を合わせて軽く会釈していたのがわかった。

お先に、という合図だったのかもしれないが、沙良は抱きかかえられているのが恥ずかしくて周囲をよく見ることができない。

それでも……。

「俺を見て。沙良」

壮に囁かれて顔を向けると、彼が艶《あで》やかに微笑む。

「俺だけを見ていればいい。俺も沙良だけを見ているから。信じて」

信じてという言葉が安心感をくれる。

沙良は彼を見つめたまま、固まっていた身体の力を抜いた。

第三章　心と身体が蕩ける夜

壮に抱きかかえられたまま連れてこられたのは、ホテルの上層階にあるスイートルームだった。

会場を出たらすぐに下ろされて歩いて車まで行くのかと思っていたので、姫抱きのままここまで来てしまったのは驚いた。

「沙良……沙良……」

部屋に入ってから下ろされたのはいいが、そこから壮のキスが止まらない。

名前を呼ばれながら受けるくちづけは、その感触以外にも耳から甘美な響きが伝わり、膝から力が抜けてしまいそう。

「沙良……」

「ぁ……ハァ……」

腰と後頭部に手を回されガッシリと固定されている。沙良自身は身動きできず、壮にされるがままだ。

こういうときにどうするのかなんてまったくわからない。

すべて壮に任せられるのはありがたいが、その濃密なキスに翻弄されてそろそろ本当に崩れてしまいそうだった。

「壮さ……ダメ……、ぁっ、ハァ……ここじゃ……」

自分の意思を伝えようとしても甘えた啼《な》き声になるだけ。意識しているわけではないのにこんな声が出てしまうのは、とんでもなく恥ずかしい。

言葉だけならスルーされていたかもしれないが、両手で彼の胸を押してしまった。

押した効果はさほどなかったものの、壮はその仕草になにかを感じたのか、再び沙良を抱き上げる。

「ひゃっ！」

「すまない、こんな廊下じゃ落ち着かないな。すぐにベッドに連れていってやる」

「い、いえ、そういう意味では……」

沙良としては「ここ玄関ですよ」という意味だったのだが、壮は「玄関じゃイヤ」と沙良が焦《じ》れていると受け取ったらしい。

彼のキスで脚が崩れそうになっていたので、移動させてもらえるのはありがたい。しかしこれでは沙良が、キスをするなら落ち着いてゆっくりしたい、と我儘《わがまま》を言ったかのよう。

……とはいえ、あのままでいたら玄関先で押し倒されてしまいそうな熱の入りようだったので、よかったといえばよかったのかもしれない。

「沙良……」

歩を進めながらも、壮は沙良の髪にくちづけ、頬擦《ほおず》りをする。彼の声は愛《いと》しげに甘く、聞いているだけでゾクゾクした。

わからなくなってくる。——自分はどれほど、この人の好みの姿に変身したのだろう……。

陽子に着付けてもらい、化粧をして髪をセットして、確かにいつもとはまったく違う雰囲気になったと思う。

近寄りがたい雰囲気も、硬い顔つきもなくなって、素の沙良が着飾った顔になった。

柔らかく優しい顔つき。ぼんやりとしたお人好《ひとよ》しの顔と馬鹿にされたこともあるが、亡くなった母は沙良を見ていると気持ちがおだやかになると言ってくれた。

壮は、柔らかな雰囲気の女性が好きなのだろうか……。

ベッドルームへ入り、ひとつだけ置かれた大きなベッドの端に腰を下ろした壮は、沙良を膝にのせたまま彼女の耳や頬に唇を触れさせる。

両脚をベッドにのせられるとお尻に体重がかかってしまい、重いのではないかと焦りが生まれた。

「あの……壮さ……」

「緊張しなくていい。俺にすべて委《ゆだ》ねていてくれ」

ハジメテの沙良が緊張していると思ったのだろう。壮は沙良を見つめ、彼女の髪を留めている髪飾りを外した。

「あ……」

ぱさりと髪がほぐれていく。ひねっていた痕《あと》がついてしまったらしく、くるんと丸まったひと房が顔に落ちてきた。

「こうやって丸まっているのもかわいいな。……いや、今の沙良ならどんな髪型もかわいい」

「……言いすぎです」

「言いすぎじゃない。……もっと早くに、こんな沙良に気づきたかった」

キスのせいなのか今のセリフのせいなのか、発熱し続ける頬を撫で、壮はその頬よりも熱い眼差しをくれる。

「沙良の全部、見せてくれ」

やっと膝《ひざ》から下ろされたかと思うと、今度は沙良がベッドの端に座らされ、彼が前で両膝をついた。

帯留めを外され、帯揚げに手がかかったところで大変なことに気づく。

「壮さん……あの、脱いだら……、わたし、一人で着物は着られないので、帰れなくなってしまいます」

ここまできて、その気になっている人の前で言うことではないが、実際問題、今脱いでしまったら帰れない。

しかし壮は脱がす気満々で作り帯の紐《ひも》を解きはじめる。

「帰るときは洋服を手配しておくから心配するな。脱いだ着物はこのまま一式手入れをしてもらって、それから君に届ける」

「最初も言いましたけど、こんな高価な物をいただくわけには……」

「本日の働きに対する特別手当だと言っている。正直、ここまできたら一着では足りないくらいだ。どちらにするか迷ったもう一着の牡丹と藤の着物も追加しよう」

「そっ、それではまるで、ここまでついてきたから報酬《ほうしゅう》が増える、みたいな意味に感じて、いやですっ」

壮とベッドをともにするからもう一枚追加になるのだと思えてしまって、つい声が大きくなる。

ここまでついてきたのは自分の意志だ。お金や品物じゃない。

沙良の気持ちを察したのかもしれない。壮は作り帯の一式をベッドの足元に置くと、両手で彼女の頬を挟んだ。

「では純粋に、沙良にプレゼントだ。それなら受け取ってくれるだろう?」

「ですが、こんな……」

「今、沙良が俺に捧《ささ》げようとしてくれているもののほうが、何百倍も高価で尊いものだ」

壮の手の中で沙良の頬が熱せられていく。その熱を愛《いと》しげに指先で撫でてから、壮は熨斗文様の衣を彼女の肩から落とした。

「着物は、脱がせるものがたくさんあって焦らされる。堪え性《しょう》のない男にはつらいな……」

「堪え性がないとか……、壮さんには似合わない言葉です」

「本当にそう思うか？」

言うより早く、そろえていた両脚を大きく開かれる。着物と長襦袢《ながじゅばん》が合わせから大きくはだけ、右脚が太腿《ふともも》からむき出しになった。

驚きのあまり大きく息を吸いこむ。「ひゃっ……」とおかしな声が出てしまった恥ずかしさもあって、反射的に腰が引き、後ろ手をついてしまった。

「そ……壮さ……」

「こんな綺麗な脚を隠してしまうなんて。着物というものは罪な衣装だ」

膝の裏を持ち上げ、壮が太腿に唇をつける。食むようにしながら肌をたどられ、膝頭でぱくぱくと動かされると、もどかしい電流が走ってつま先までピンっと伸びた。

「ふっ……ゥンッ……」

勢いで吐き出した息が甘い。一緒に上がった顔は、えもいわれぬ恥ずかしい刺激のおかげですぐに下がった。

「あっ……壮さ、ん……」

持ち上げた脚を下ろした壮は、今度は脚の付け根に唇をつけている。ショーツと肌の境目をなぞり、布を歯で挟んで軽く引っ張った。

「あっ、あの……」

いきなりこの行為は恥ずかしい。両脚を閉じようとするが、脚のあいだに壮が身体を入れているので、それもためらわれる。閉じても彼の顔を挟んでしまうだけだ。

「沙良が庇ってくれたのに申し訳ないが……」

唇を離した壮が、ベッドに手をつき身体を寄せる。このままうしろへ倒れたほうがいいのだろうかと悩みつつ肘をつくが、彼の下半身をグッと押しつけられ、驚きのあまり身体が倒れてしまった。

「……脱がせているだけでこれだ……。わかるだろう?」

押しつけられた彼の腰が、ちょうど脚のあいだにあたっている。明らかにわかるのは、むき出しにされたショーツの上にあたった彼のトラウザーズのフロントが、とても張り詰めていること。

「沙良にさわっていると、堪え性がなくなる。俺に似合わないと言ってくれたが、本当なら今すぐにでもナカから君の身体を貪《むさぼ》りたい」

「怖いです……」

怖いというより、恥ずかしい。壮の身体がこんなに反応しているのは、沙良に対して欲情しているということ。

（この人がわたしに……信じられない）

そう思うのに、鼓動の高鳴りが止まらない。彼の昂ぶりを押しつけられた部分が、どんどん熱くなっていく。

その熱さに誘われて気泡のようなものがぐちゅぐちゅとあふれたのを感じ、思わず下半身に力が入った。

長襦袢と一緒に肌着を開かれると、ふたつのふくらみが壮の前にさらされる。ブラジャーを着けていないのを改めて思いだし咄嗟《とっさ》に隠そうとしたが、先に壮の顔が落ちてきてタイミングを失った。

「……けれど、沙良の肌をゆっくり感じていたいって欲求もあって……我が儘だなって思う」

胸の谷間に唇を走らせ、左右の裾野をさまよう。片方のふくらみを寄せながら揉《も》み動かされ、不思議な疼きに自然と上半身が悶《もだ》えた。

「我が儘な欲望まみれだが……沙良に怖がられたくない気持ちが一番だ。……優しくする。もし、いやなことをしたら、遠慮なく怒ってくれ」

「違うんです……。怖いというより、わたし……」

口にしようとしている言葉を思い浮かべ、先に羞恥が湧き上がる。

言《い》い淀《よど》む沙良に向けられた壮の眼差しが綺麗で、それでもその中に彼女を求める熱情を感じてゾクゾクした。

「壮さんなら……いいって……、だって壮さんは、女なら誰でもいいっていう人ではないし、……〝わたしを〟求めてくれてるって、わかるんです……」

「君は、本当に素敵だ」

感動したと言わんばかりに微笑んで、壮は片方の頂《いただき》を口に含み、何度も吸っては先端に舌を押し当て細かく動かした。

「あっ……やっ、ぁ……」

それに対して反応する声が出てしまい、それでも少しくらいだから壮も気には留めていないだろうと思いこもうとしたとき、強めに吸引され反応する声は数倍に大きくなった。

「あっ……あぁっ、や、あぁんっ……壮さ……あっ！」

ちゃぷちゃぷとしゃぶられ、先端の周囲を舌が回る。そのあいだにも、彼の片手はもう片方のふくらみを揉み回していた。

「ンッ……ん、ぁっ……胸ぇ……ああっ」

「イイ声だ。もっと出して聞かせてほしい」

「や……ぁ、壮さ……あぁぁん！」

壮は沙良が咄嗟に出してしまった悦声が気に入ったらしい。もっと出せといわんばかりに胸を責めてくる。

沙良も油断していたせいで止めようがなくなってしまった。

「ぁ、フゥンッ……ぁあっ……」

「感度がいい……気持ちよさそうなのが伝わってくる」

「ンッ……ぁ」

――気持ちいい……。

胸をさわられて気持ちがいいなんて、それなりの知識で知ってはいたが、どれほどのものかはわかっていなかった。でも……。

（どうしよう……すごく気持ちいい……）

まさか、これほどとは。

上半身が悶《もだ》え動いてしまうほど、全身を痺《しび》れさせるものだったなんて。

「壮……さぁ……ン……」

「……どうしたらいい……。とんでもなくかわいいんだが……」

壮の舌が胸の先端をくすぐり、ぷくりと膨《ふく》れあがった突起を押し潰す。根元を甘噛みされ横に擦られ、発生する甘い刺激に耐えようと沙良は両手を強く握った。

一緒に掴んでしまった布がシーツではなく着物だったのが気になる。先程から焦れて身体を動かしているので、着物の生地が擦れて傷んだりしないだろうか。

「あの……着物を……ぁんっ」

ずっと身体の下にしているのもまずいだろう。なにか伝えたいことがあると察した壮が、胸から顔を上げる。

「着物？　なに？」

「あ……脱がせて……」

「積極的だな」

「そういうことではなくてっ」

ちょっと声が大きくなった。ハハハと笑いながら、壮が沙良の身体から着物を抜きはじめる。

彼も下にしたままではどうかと思っていたようだ。

長襦袢や肌着ごと着物を脱がされるとき、ついでとばかりにショーツも取られてしまった。

まだ夕刻。ベッドルームの窓からは夕日になりかかる手前のけだるい空気が流れこみ、室内にほどよい明るさをくれている。

照明は点《つ》けていないがカーテンを引いているわけではない。つまりは沙良の目に壮の姿がハッキリ見えるように、壮にも沙良の裸体がしっかりと見えているということだ。

大袈裟に騒いで隠すのも気恥ずかしい。沙良は交差させた脚をさりげなくかたむけ、まるで「寒いね」と言うときのように腕を抱いて胸を隠した。

沙良を脱がすときも奪った衣を床に落とすときも、壮の視線は彼女に注がれている。その状態で自分のスーツを脱ぎはじめたので、見られすぎているのが恥ずかしかったのだ。

壮は無言のまま脱ぎ続ける。上着に続いてスカーフタイを乱暴に首から引き抜き、本当にボタンを外しているのか不安になる勢いでウエストコートを脱ぎ捨てた。

ボタンを外しているのかわからないほどの勢いはシャツでも続いた。不安で見ていられなくなった沙良は、とうとう胸から腕を外して起き上がる。

「ま、待ってください、壮さん！　すとっぷぅぅっ！」

慌てて彼の腕を掴む。シャツの袖口を掴んで懇願した。

「カ……カフス、カフスはちゃんと外しましょうね、乱暴に脱いで、どこかに飛んでいっちゃったら大変ですから」

「そんなものに構っている余裕はない」

「駄目ですっ。壮さんのことだから、きっと高いカフスだと思うし……」

ムキになりながらカフスボタンに目を移し、ダブルGがモチーフのシルバーカフスを目にして、これは絶対に飛ばしたら駄目なものだと確信した。

片方のカフスを両手で丁寧に外していると、言わなくても反対側の袖口も出してくれる。外したひとつを手に持って、もうひとつに取り掛かった。

「乱暴に脱いで見せれば、沙良なら自分が外すって言いだすと思った」

「わざとですかっ？」

「これで身体を隠せない」

壮はご機嫌でニコニコしている。沙良が胸を隠したので、強制ではない形で手を外させたかったのだろう。

上手いことのせられてしまった……。

「俺は手を取れとは言ってないけど……。でもおかげで、こんなに綺麗なものがすぐにさわれる」

カフスを外して解放されていた壮の手が、見てくださいと言わんばかりに目の前にさらされている沙良の胸を撫でる。

手のひらで軽くさわられただけなのに、頂に触れた瞬間先ほどまでの疼きが戻ってきたかのように感覚が鋭くなった。

「あっ……！」

「沙良、ブレイシーズも」

外したカフスを持ったまま壮の手を押さえようとしたが、そうはさせじと出された新たな指令の前に、沙良の思考は自分の羞恥よりボスの命令を優先してしまう。

ブレイシーズを壮の肩からおろしているときも、彼の手は動き続け、沙良の胸の先端を指先で撫でては弾《はじ》いた。

「ぁんっ……」

キュッと肩がすぼまり動きが止まる。その隙にシャツを抜いた壮は、沙良の両肩を押して彼女をシーツに沈めた。

「これ……」

握ったままのカフスを差し出す。壮は「律儀」と笑って受け取り、トラウザーズのポケットに無造作に押しこんだ。

「隠さないでくれ。こんなに綺麗なのに」

胸の谷間から両方のふくらみへ彼の唇が這《は》い回る。ときどき強く吸いついて、チリッとした小さな火傷《やけど》のような痛みを残していった。

「あっ……」

「沙良の胸は白くて綺麗だ。やわらかくて、甘くて」

「そんなこと言われたら恥ずかしいです……」

「少しの刺激に震えてしまうほど初心《うぶ》なのに……、ここはこんなに硬くなって自己主張する。

……感じているんだってわかって、堪らなく滾《たぎ》るな」

両の胸の頂を彼の手のひらで擦り回される。軽く触れているだけなのに、ぷくっと顔を出している突起が前後左右に動かされ、微細《びさい》な電流をじわじわ流していく。

くすぐったいような、ムズムズするような。ただ明らかに沙良の身体は反応していて、へその奥が絞《しぼ》られるむず痒《がゆ》さを感じた。

「あっ、やンッ」

「ここは、感じると硬くなってより敏感《びんかん》になる。……俺と同じだ」

「壮さっ……あっ、ぁ」

「だから、ほら」

両胸を裾野から持ち上げるように寄せ、片方に吸いつかれる。じゅるっじゅるっ音をたてながら何度も強く吸われると、唇から伝わる振動だけで先端の突起が悶え狂った。

「あっ……やっ、あぁっ、ンッ」

もう片方の突起は三本の指で弾力を確認するようにつままれ、くにくにと強く揉みたてられる。

胸で発生するもどかしい刺激は、どろりとした蜂蜜《はちみつ》のように下半身を覆っていく。引き攣《つ》りながら腰が浮き、お尻に力が入った。

初めて経験する歯痒《はがゆ》さに耐えようとする下半身が、無意識のうちに両脚をシーツの上で暴れさせる。

「あっぁ、そん、な……、胸、ダメっ……！」

下半身からゆらゆらと上がってきた熱が、ひたいのあたりで渦《うず》を巻く。それが軽く弾けた瞬間、下半身で源泉があふれ、思わず両脚をきゅっと締めた。

「あっ、ふぅ……ぅんっ――！」

喉が反《そ》り、身体の横に置いている両手がシーツを握る。力が入った下半身の奥で秘めやかな場所が小さく痙攣《けいれん》しているのを感じられた。

「……こうやって、吸いつくようにつままれたり、しごかれたりすると、堪らなく気持ちよくなるだろう。だから、同じなんだ」

顔を上げた壮が沙良にくちづける。彼女の吐息が熱く震えているのを感じて、嬉しそうにクスリと笑った。

「ちょっとイった？　気持ちよかったんだな。腰がもじもじしているから、わかる」

「そんな……こと、な……ぃ……ハァ……」

弾けた熱の余韻《よいん》なのか頭がボゥッとする。イったという感覚は今のようなことをいうのだろうか。

「隠さなくてもいい。俺がしたことで沙良が感じてかわいくなるなら、俺も嬉しいし、沙良も気持ちいいのは嫌じゃないだろう」

「それは……」

――すごく、気持ちよかった……。

口にするのをためらうほど、自分の身体がおかしくなってしまうんじゃないかと怖くなるほど……。

だがその快感は性的な行為からもたらされるものなのだから、ここで気持ちいいと言ってしまうのは、いやらしいことをされて身体が悦《よろこ》んだということで……。

（自分で自分のこと……エッチです、って言ってるようなものじゃない）

そう思うと、感じていたことは自覚できても素直に言えない。

「本当にイってない？　確かめていい？」

沙良のひたいにキスをしてから、壮が身体を下げる。ゆるみかかっていた両脚をだしぬけに広げられ、驚いた腰がわずかに引いた。

しかしそれは逃げたというほどのことでもなく、かえって沙良の膝を立てた壮に追い詰められた気持ちになる。

おまけに彼は、広げた脚の中央をじっと見つめているのだ。

「ヒクヒクしている……」

「そ……壮さん……」

「イったのなら隠さなくていい。言っただろう、俺も嬉しいって。おまけに……」

彼の指が秘唇を撫でる。その感触に大げさなほど腰が跳《は》ねると、秘部全体をぐちゃぐちゃとかきまぜられた。

「やっ……あんっ……あっ！」

「大洪水だ。濡れやすいんだな……。真面目な顔と初心な顔が共存しているかと思えば……いやらしい顔も持っているらしい」

「そ、そういうこと言わな……ぁっあ、やっ……そこ、ンッ！」

秘部で奔放《ほんぽう》に動く指が、全身を疼《うず》きあがらせる。なんとも言い難い電流が駆け巡り官能が挑発された。

壮の指の動きが大きいせいか、脚のあいだから粘《ねば》り気を含んだ水音が絶え間なく響いてくる。音だけなら普通に生活していても耳にするものに似ているが、こういった状態でいると羞恥のゲージが振り切れてしまいそうなほど恥ずかしい音にしか聞こえなかった。

「壮さっ……あぁあっ……！　やっ、そんな、にっ……しちゃ……」

「まだまだ出てくる。……ああ、嬉しいな、沙良が感じているんだと思うと、もっと感じさせたくなる」

「あ……」

うっとりした口調は妖艶で、彼が欲情しつつも喜んでくれているのがわかる。

壮が喜んでくれているのなら、感じ続けていてもいいのかもしれない。

秘部どころかその上のささやかな茂《しげ》みまでしっとりしてきたのを感じる。脚のあいだが熱くて蕩《とろ》けてしまいそう。

「とけ……そぅ……あっ……」

吐息とともに漏れた言葉は、壮にも伝わったようだった。

「じゃぁ、溶けた分もらうから」

彼は蜜海に唇をつけ、じゅるじゅると吸いたてた。

「ンッぁ、あぁっ！」

沙良の腰がびくんびくんと大きく跳ねる。感じたことのない刺激は、吸われた部分からへその奥まで甘い痛みを走らせた。

「あぁぁっ……壮さっ……！」

秘園の上で大きく唇を動かされ、彼の舌が蜜口に押しつけられる。そのたびに入り口が震え、また蜜があふれた。

「……堪らないな……」

その呟きはどこか剣呑《けんのん》としている。壮からは想像もつかないトーン、そして淫靡《いんび》さを持っていた。

「……すごく……イかせたい……」

「ンッ……ひゃっ……んっ！」

いきなり電流を流されたかのように、下肢が数回大きく震えた。

壮の舌が快感の塊《かたまり》を嬲《なぶ》り、今までとは比べ物にならない愉悦《ゆえつ》を生み出していく。

「あぁ……やっ……！　ダメ、あぁっ！」

言葉では言い表せない快感だった。

痛いような、苦しいような、熱いような、……溶けてしまいそうな……。

「あぁぁっ……ヘン……だか、らぁ……あぁん……！」

ただひとつわかるのは、間違いなく全身をめくるめく快感が駆け回っているということ。そして、なにかが爆《は》ぜる前の導火線に火を点けられているということ。

「やっ……や、あぁ、そこぉ……！」

喜悦の声をあげる口も、このつらいくらいの愉悦をなんとか逃がそうと悶え動く身体も、自分ではコントロールできなかった。

太腿の下から腕を回した壮に腰を掴まれ、まったく逃げることは叶《かな》わない。沙良は両手で彼の髪を掴み、このもどかしさを表すように上半身を左右に揺らして足の裏を強くシーツに擦りつけた。

「壮さっ……あぁぁっ――！」

導火線の熱を取りこんで、官能が爆発する。

沙良の身体が小刻みに震えた瞬間、駄目押しとばかりにあふれ止まらぬ蜜泉を大きく吸いたてられ、さらなる官能が絶頂の余韻を引っ張った。

「素敵だ……沙良」

壮が上半身を起こすと、押さえられていた腰が解放され、立てられていた両膝が崩れた。

身体が熱い。彼の舌に蹂躙《じゅうりん》された秘部がまだ疼いている。与えられた快感は達することで昇華したはずなのに、まだなにかを求めて淫孔が焦れているのがわかった。

「沙良もびしょ濡れだけど、俺もびしょ濡れだ。着替えは二人分用意しないと駄目だな」

ちょっと苦笑いを含んだ声で言いながら、壮がトラウザーズに手をかける。

興奮した肌が汗ばんでいる。このせいで壮の服を濡らしてしまったのだろうか。しかし上半身は裸なのだから、トラウザーズのほうになにか……。

わかるような、わからなくてもいいような。かえってわかったら恥ずかしいような。意識が恍惚感に巻きこまれている状態ではよくわからない。

ぼんやりしていると、壮に腰を引き寄せられた。

「挿《い》れるよ、沙良」

「あ……」

急に意識がはっきりとする。未知の刺激を思って、わずかに身体が緊張した。

「見ていなかったみたいだから不安だろうが、ゴムは着けたから、心配するな」

「し、してません、そんな……」

急に出てくるリアルな話に戸惑う。大切なことではあれ、当事者から申告されると初めてなことだけに照れてしまう。

「本当に？　なんなら挿れる前に見てもいいけど」

「み、見てもいいとか……見せたいんですか」

「俺は沙良の恥ずかしがる部分もしっかりと見たし、だから沙良も見てもいい。俺は見られても別に恥ずかしくないけど」

「わたしが恥ずかしいです」

言い合っているあいだにも、壮の顔を見ていると下半身が視界に入りそうになる。沙良は必死にそれを避けた。

「じゃぁ、そのうち」

軽く覆《おお》いかぶさってきた壮が、ひたいにキスをしてくれる。なにがそのうちなのだろう。

——こんなこと、もう絶対にないことなのに……。

こつん、とひたい同士をくっつけると、蕩かされてしまいそうな彼の瞳が飛びこんできた。

「痛いと思ったらしがみつけ。噛みついてもいいから」

「そんな、噛みつくなんて……」

「あと、優しくできなかったら叩いてくれ」

「叩きません」

「叩け。……興奮しすぎて、……沙良をめちゃくちゃにしてしまいそうなんだ……」

「壮さ……あっ……！」

ググッと、熱い塊が身体を押し上げてくる感覚。重いそれは、やがて小さな隙間から体内にねじ込まれてくる。

「あぁっ……ん、ンッ！」

一瞬、引き攣《つ》れた皮膚がピシッと裂けたときのような鋭い痛みが走る。しかしその痛みを、感じたばかりの恍惚の余韻が呑みこんだ。

「痛いか?」

「……大丈夫……です」

そう口にしながら、沙良は両腕を壮の背に回す。彼の肌の感触と温かさが、この人にすべて委ねてもいいのだという安心感をくれた。

「壮さんだから……大丈夫」

「沙良……」

沙良を貫ききろうとしている熱棒は、進んではわずかに引き、また進んでは引きと、確実に挿入されていく。

壮と繋がった部分、彼を迎えるべくその大きさを形作る孔口が、焼けるように熱い。それでも彼の鏃《やじり》に拓《ひら》かれていく蜜溝はそれを歓迎するようにわなないた。

「あっ……壮さっ……ぁ」

苦しげな声を漏らす沙良の唇を、壮のそれがふさぐ。吐息もすべて吸い取る勢いで唇を重ね、沙良がくちづけに意識を持っていかれているうちにどんどん侵入していった。

熱《いき》り勃《た》ったもので圧迫された隘路《あいろ》は、その充溢《じゅういつ》感を官能にすり替えていく。圧し上げられ息が詰まって苦しいと感じていたのに、徐々に歯痒さで蜜窟を甘電《かんでん》させる。

「ンッ……ぅうん……ふぅ……」

キスの合間に漏れるのは、艶を含んだ甘え声。挿入によって発生した破瓜《はか》の痛みとキスの気持ちよさの狭間《はざま》で生まれる、複雑な快感。

膣口にあった痛みも、この不思議な充溢感に呑みこまれ、ぼんやりしたものに変わっていく。

「……ぁぁっ、クソッ……」

唇を離す際にこぼれた小さな悪態。壮らしかぬ態度を見るのは本日何度目だろう。しかしその口調には嬉しそうなトーンが混じっていて、沙良は胸がときめく。

「苦しいくらい締めつけてくるのに……柔らかくて熱くて……。最高だ、沙良。もっと君を感じてもいいいか」

褒められているのだとわかるぶんは嬉しいのだが、行為が行為なだけに褒められている場所が問題だ。

それでも、自分が処女であることが不安だったので、壮が喜んでくれているのは素直に嬉しいしホッとした。

おまけに、こんな自分をもっと感じたいと言ってくれている。

「壮さんだから……いいです」

沙良も壮を感じたい。そんな欲望がチラチラと顔を出す。

「かわいいな……沙良、君は、どうしてこんなに……」

沙良の言葉が嬉しかったのだろう。壮は自分のセリフも半分にして沙良にくちづけ、ゆっくりと腰を揺らしはじめた。

ピッタリ収まっていた熱塊が隘路をスライドしはじめる。

ゆっくりではあるが、狭窄《きょうさく》な部分を擦られると自分の身体に異物が押しこめられている不思議な感覚にとらわれた。

その異物に征服されているような服従感が生まれてゾクゾクしてくる。

(相手が、壮さんだから……?)

壮は仕事上、沙良のボスだ。常日頃付き従っている彼だから、こんな感情に襲われるのだろうか。

「壮さ……あっ……」

「かわいいよ、沙良……」

甘い声が耳朶を打つ。その耳を甘噛みされ、耳孔まで快感の虜《とりこ》にされる。

「沙良……沙良……」

うわごとのように彼女の名を呼ぶ声は愛しげだが、どこか急いた様子が隠し切れていない。

自分を落ち着けようとしているのか、壮は繰り返し沙良に唇を重ねる。

沙良の脇から腰、太腿を撫でまわし、もう片方の手で乳房を揉みしだいた。

身体全体で沙良を感じなくては気が済まないといわんばかりに、反対側の胸のふくらみに吸いつく。隆起の上で薄紅の花びらを散らすと、ぷっくり膨らんで赤く熟した果実を吸いこんだ。

「ぁあ……壮さぁん……アンッ……」

四方八方から刺激を与えられ、沙良からすれば堪らない。全身から快感が発生して、どこに意識を持っていったらいいのかわからなくなる。

ゆるやかだった壮の動きに、わずかな焦りが出はじめる。ときおり小刻みに動いたかと思うと、思い直したようにゆるやかさを取り戻す。まるで逸《はや》る気持ちを抑えるために焦れているようにも思えた。

彼らしかぬ余裕のない様子に、胸がきゅうっと締めつけられる。

(壮さんが……わたしを感じたがってる、って、ことだよね……)

沙良は、ふたつのふくらみを手と舌で嬲《なぶ》る壮を見つめる。

すごくいやらしいことをされているのに、とても素敵に見えてしまうのはなぜだろう。そして、なにかに耐えているようにも見えてしまう。

「壮さん……あっぁ」

沙良は壮の頭に両手を置き、乱れた髪を掻き上げながら撫でる。お気に入りの果実を甘噛みしてから、彼は顔を上げた。

「もっと、動いていいですよ……」

「ん？」

「壮さんが……気持ちよくなるなら……。もっと、動いてください……」

「沙良……」

「言ったじゃないですか。……壮さんだからいい、って」

胸のふくらみを掴んでいた手に力が入る。それを気にするより、沙良は面映《おもは》ゆく微笑んだ壮の表情に魅了された。

「……言ったじゃないかって言われると、なんだかいうことをきかないって叱られているみたいだな」

「壮さんは、わたしに何度も言いましたよ？　言っただろう、って」

「そういえばそうだ」

壮がクッと笑いを漏らす。両手で沙良の頭を撫でると、唇を合わせてからひたい同士をくっつけた。

「君は……本当に素敵だ」

彼の唇はまたすぐに沙良の唇に戻ってくる。なんだか「ただいま」と言われているようでくすぐったくなりながら、彼のキスを受け入れた。

キスをしながら、壮の腰の動きが大きくなってくる。一定のリズムで出し挿れされると、じわじわと安定した快感が得られるようになってきた。

「あっ……あ、ハァ、ンッ……」

ひと擦りひと擦り蜜壁を擦られるたび、その快感がどんどん溜まっていく。そのうちとんでもなく大きなものになってしまいそう。

その感覚を知りたいような……。怖いような……。

好奇心さえ脳の刺激になる。ゾクゾクさせる成分があふれてくるのだ。

「ハァ……ぁ、ぅん……」

「沙良、舌を出せ」

わずかに上ずった声が逆らえない命令を下す。キスのたびに舌を縮こまらせて逃げていたからかもしれない。

壮の舌が口腔内に侵入してきても、どう応えたらいいのかがわからなかった。ときおり出ておいでと舌でつつかれアプローチされたが、なかなか出せずにいたのだ。

「は……ぃ、ぁ……」

吐息とともにこぼれるのは小さな服従。こそりと舌を出すと素早く搦《から》めとられた。

「ハ……ァ、ぁっ、……ン……」

厚ぼったい舌がぬるぬる絡まり、沙良の舌を吸い上げる。甘噛みしてはまた吸い、いつの間にかだらしないほど差し出してしまった舌を、唇でしごかれた。

「ンッ、ぁあ、んん……」

舌がこんなに感じるものだなんて。口腔内が甘い疼きでいっぱいになって、彼の愛撫《あいぶ》をもっともっと受けたいという本能で口が閉じられない。

嚥下《えんか》できない唾液があふれているのがわかるのに、それを恥ずかしいと感じるより、涎《よだれ》を垂らすほど気持ちよくなっている自分に昂ぶってしまう。

「あっ……ハッ、あン……」

歯痒さを伝えようと腰が上下する。そうすると壮も合わせて出し挿れするので、自分で迎え挿れに行っているような新鮮な感覚があった。

唇を大きく咥《くわ》え、壮が舌と口腔内の潤いを吸い上げる。

「イイ顔だ……。気持ちよかったか？」

離れていく唇から銀糸が伝い、壮がそれを舐め取る。ごちそうさまとばかりに舌なめずりをする彼はとても扇情的で、無意識のうちに淫路に力が入った。

「こっちで返事をされたようだ」

引きかけていた剛直が勢いよく突きこまれる。陰部が密着した状態でぐりぐり押しつけられ、蜜壺内の鏃《やじり》が最奥をえぐる。

いきなり訪れた強烈な快感に両脚が引き攣り、背が弓なりに反った。

「ああんっ！　やっ……ぁぁンッ！」

なにかが弾けかかるが、まだ足りない。消化不良の歯痒さが溜まるばかりで、もどかしい。

「舌も包まれて擦られると気持ちがいいだろう？　俺も同じだ。今、すごく気持ちいい」

「壮さぁ……ぁ」

「沙良が気持ちよくしてくれている」

唇を重ね、壮は深く浅く抜き挿《さ》しを繰り返す。熱いままの沙良の口腔をぐるっとひと舐めしてから上半身を起こすと、置き場を定めきれずにさまよう彼女の両足を腕にかかえた。

「だから、沙良にももっと気持ちよくなってほしい」

今までとは違うリズミカルな速さで秘窟を穿《うが》たれ、沙良は思わず顔の横で枕を掴む。

「あっあ、ぅンッ、あぁ……！」

蜜路を擦り上げられるごとにあふれる快感が、全身をめぐり頭にあがってくる。もっともっとのぼり詰めてくれたらこのもどかしさから解放されるのにと思うと、勝手に身体が左右に揺れ背を反らして駄々《だだ》をこねた。

「壮さっ、あぁ、んっ……あっ、もっ……」

――もっと、してほしい。

そんな気持ちが生まれるものの、口に出すのははばかられる。

「ンふぅ……あぁっ！」

「いいな……欲しくて欲しくて堪らない、って顔をしている……」

「い……やぁ……見ちゃ……やっ、あぁぁっ！」

彼が言うのがどんな顔かなんてわからないが、いやらしい顔だというのはわかる。沙良は横を向き、枕を掴んだまま手を引き寄せわずかに顔を隠す。しかしすぐに両手を掴まれて枕から離されてしまった。

「隠すな。かわいい顔、見せてくれ」

「かわいくは……」

「かわいいよ……。俺が我慢なんかできないくらい……」

我慢できないのを証明するかのよう、壮がその猛りを叩きこむ。強い律動に揺さぶられ、沙良はそれに従うしかない。

「あぁぁっ……壮さっ……アンッ、手ぇ……」

腕を掴まれた状態で揺さぶられると、胸の上で盛り上がるふくらみが一緒に揺れて存在を主張する。

意識のメインを下半身に持っていかれているのを悔しがるよう、こっちも見てと揺れ動いては壮を誘っている。

それを察したのか、彼は片手で両手首をまとめ沙良の腹部で押さえると、揺れる乳房を左右交互に揉みしだいた。

「あっ、ハァ、ぅンッ……やぁ、そこぉ……」

蜜窟が擦り上げられる快感を覚え始めている最中に、すでに気持ちよさを習得してしまった胸を嬲られる。

上からも下からも走る愉悦に、沙良は身体を左右に揺らした。

「ダメっ……身体、ヘンに……あああっ！」

「ヘンになってもいい。大歓迎だ」

「なんですかっ……それぇ……、ああっ、あっ、ダメェっ……！」

打ちこまれる火杭に、どんどん高みへ連れていかれる。胸から流れていく快感と混ざり合って、隧道《ずいどう》がキュッキュと締まった。

「もう駄目？」

「あっ……あ、やぁっ、あっ！」

壮の問いかけの意味が理解できていないうちに、ぶつかり合う快感が大波になって襲いかかってくる。

「あっ……やぁ、やぁぁンッ――！」

身体が引き攣るように弓なりに反り、かかえられた両脚が伸びる。一瞬だけ息が止まるが、蜜窟を荒らす怒張の気配ですぐに意識が引き戻された。

「あぁ、あっ、壮さっ……わたし……ぃ」

「わかってる。……もう一回、イける？」

「ンッ、ぁ……無理……無理ぃ……んんっ……！」

これ以上されたら、本当に身体が壊れてしまいそうだ。しかし沙良の両手を離した壮は、彼女の片脚を下ろして跨《また》ぎ、もう片方を肩に預け容赦なく熱《いき》り勃つ猛りを突きこんでくる。

「でも、もっと欲しいって俺を喰い締めてくる……。次は、一緒にイこう」

「一緒……あぁっ……そうさぁん……！」

一緒に、と微笑んだ彼はどこか嬉しそうで、それをお願いしているようにも見える。

壮と絶頂を共有するのだと思うと、沙良の感情も昂ぶった。

（壮さんと……一緒に……）

身体の奥底から、ふわっとした恍惚感にも似た愉悦が湧きだす。その波にさらわれそうになったとき、沙良は両手を伸ばして彼を求めた。

「壮さ……壮……あぁっ！」

「沙良……」

抱きつきたいのだと感じたのか壮が上半身を下げる。そのぶん肩に預けられた片脚が大きく開き、彼の怒張が最奥で沙良と一緒に爆発する。

「あぁぁんっ……そうさっ、ン……ダメぇ、あぁっ――――！」

「沙良っ……！」

繋がった部分を強くこすりつけられ、壮に抱きついたまま腰が何度も跳ねる。一気に上がった体温で頭がぐらりと回り意識が朦朧《もうろう》とした。

自分が驚くほど激しい呼吸をしているのがわかる。首筋にかかる熱い吐息は壮のものだろう。

しっとりと汗ばんだ肌が重なり合う感触が気持ちいい。このまま彼に溶けこんでしまえそうだ。

蜜窟が痙攣する。彼を喰い締める秘孔が、キッチリ収まったままの異物を逃すまいとしているかのよう。

「沙良……」

壮の声が甘く耳孔に流れこむ。このまま法悦の果てで酩酊してしまいそうな沙良だったが、次なるセリフがそれを阻《はば》んだ。

「叩いてくれ」

「は……ぃ？」

「沙良のナカが気持ちよすぎて……また動いてしまいそうだ……。叩いて止めてくれ……」

「そ、そんな……」

感じる限り、中に収まったものはその質量を失ってはいない。一緒に達したのだから変化があってもいいのではと思うが、相変わらずの充溢感だ。

ということは、彼はもっと沙良を感じたいと昂ぶっているということではないか。

沙良は壮の背に回していた手を下げ、彼の腰を撫でる。

「……いいですよ……。壮さんが、そうしたいのなら……」

「駄目だ」

彼は頑《かたく》なに否定する。苦しげな様子が気になって、朦朧としかかっていた意識はすっかり壮に持っていかれた。

「沙良は……ハジメテだったんだ……。そんな沙良に、……俺の欲ですぐ二度目につきあわせるようなことは……したくない」

「壮さん……」

胸がきゅうぅぅっと締めつけられる。呼吸を止めると鼓動が大きく脈打った。

壮はゆっくり顔を上げ、沙良を見つめる。

「ハジメテなのに……、何回もイってくれて……俺に合わせて感じてくれた。俺も嬉しくて、つい調子にのって……。つらくなかったか？　優しく抱けなくて、すまない」

——呼吸が止まるどころか、心臓が停まりそうだ。

壮の表情はつらそうだった。本来なら、快楽を得たあとなのだから恍惚としていてもいいのではないかと思う。

その恍惚の延長線で、もう一度相手を感じたいと思っても、別に悪いことではないと思うのに……。

壮は、耐えようとしている。

沙良が処女だったから。初めての身体に、これ以上の無理はさせたくないと……。

「壮さん……」

——なんて、優しい人なんだろう……。

見つめる壮の顔がにじむ。涙があふれてしまったのだと気づいたとき、壮に頬を撫でられた。

「すまなかった。いきなりおかしなことを言ってしまって。……つらかったか？　大人げなく夢中になった。すまない、沙良」

壮は謝りながら沙良のまぶたにキスをし、こぼれかける涙を吸い取っていく。ひたいや鼻にキスをしながら、懸命に彼女を慰めようとしていた。

「叩かれるより、泣かれるほうが効くな。……ごめん」

彼が苦笑いをすると、パンパンに詰まっていたはずの質量がずるりと抜けていく。抜ける刺激がまた大きくて、沙良はビクビクと腰を震わせた。

「あっ……！」

隘路がキュウっと締まり、いなくなった異物を恋しがる。その刺激だけでポコポコあふれた悦液が、恥ずかしいほどに秘部を濡らした。

「壮さん……」

「沙良」

温かく綺麗な眼差しが沙良を包む。

愛《いつく》しんでくれている壮の気持ちが、痛いほど流れこんでくる。

……この人は、本当に優しい人だ……。

女性にもてすぎて、かかわるのが面倒で無関心でいると解釈していたが、そうではない。

彼は、気のない自分が心を砕いて接してはいけないことを知っている。自分の優しさが、女性の気持ちを乱してしまうのを自覚している。

これだけの容姿と身分、そして優しさを備えた男性に構われれば、大半の女性は心を持っていかれてもおかしくない。

——今の、沙良のように……。

(駄目……この人は……)

必死に自制しようとする沙良の乱れた髪を寄せ、壮はひたいにキスをする。

「ありがとう、沙良。君の初めてになれて、光栄だ」

心が……どうにかなってしまいそうだ……。

沙良は嗚咽《おえつ》が漏れそうになるのを、奥歯を喰い締めて耐える。壮の肩から腕を回して彼に抱きついた。

「いいえ……いいえ、壮さん、……わたしも、嬉しかった……」

本当の貴方《あなた》を知れて、嬉しかった——。

「沙良……」

沙良の気持ちに応えるように、壮も柔らかく彼女を抱きしめた。

「教えてくれないか……」

壮が口火を切り、沙良は夢うつつから現実に引き戻される。

二人でベッドの中でまどろんでいるうちに、気持ちがよくなってウトウトしていた。

壮に抱き寄せられ、彼の胸に寄りかかって、どれくらいの時間が経《た》ったのかよくわかっていない。照明を点けていない室内は暗く、それでもカーテンを引いていないぶん夜の薄明るさが満ちていた。

寄り添っているのだから当然かもしれないが、顔を上げたところにある壮の顔はハッキリと見える。

「沙良は、どうして自分を隠そうとしている？」

「え……？」

「自分に似合わない伊達メガネをかけて、いつも視線を鋭く、唇を引き締めて。……なぜ、そんな鉄壁秘書であろうとしていた？」

聞かれたくないことを聞かれてしまった。執務室でメガネを取られたとき、壮はなにかに気づいたのだろうか。

「普段の沙良は、こんなにかわいいのに……」

髪を撫でてくれる彼の手つきに癒《いや》され、この人になら話してもいいだろうかと気持ちが動きはじめる。

彼は気になっているだけではなく、そうやって自分を作ろうとする沙良を気遣ってくれているように思えたのだ。

「わたし……、こんな顔じゃないですか……」

「こんな顔？　かわいいが？」

「トロそうで、頼みこめばヤらせてくれる気の弱そうな顔」

「はぁ？」

壮が驚いた声をあげる。ちょっと面白いトーンだったせいか、沙良はぷっと噴き出してしまった。

「……って、言われ続けたんです。派遣で働いていたころ」

「派遣……。俺の秘書になる前か」

クスクス笑ってうなずきはしたが、思いだしたくもないものが湧き上がってきて胸が詰まる。

それでも、話をやめるわけにはいかなかった。

「わたし、大学中退じゃないですか。ゆっくり職を探す余裕がなくて、とにかくすぐに仕事がしたかったので派遣会社に登録したんですけど……。いろんな派遣先で、中退だってことも材料のひとつですけど、年も若かったし、……こんな顔だし、ずいぶんと馬鹿にされていたんだと思います。……というか、されていたんですけど」

「そんなひどい会社ばかりに行っていたのか？」

「もちろん、ちゃんとした名のある企業に派遣されたこともあります。でも、有名企業だからって、社員がみんな高潔《こうけつ》な人間なわけじゃない。……若くて、学歴が中途半端で、トロそうな顔をした派遣の女の子は、パワハラやセクハラの的になりやすいみたいです」

「……沙良もか？」

「……若いんだから風俗に行ったほうが稼《かせ》げるとか、援助交際やら愛人契約やら持ちかけられたこともありました。……派遣は文句言えないからって面白がって、……男子トイレに引っ張りこまれそうになったこともあるし……」

頭を撫でていた壮の手に力がこもる。髪に指をさしこんで沙良を自分の胸に押しつける彼は、憤りを抑えているようでもあった。

「正規雇用を考えて数社受けたときも、中退であることに言及されて、意志の弱そうな顔をしているから学校も続かなかったんだね、って失笑を買っていました。どこへ行っても顔のことを言われるんです。……第一印象は大切だし、それで人を見てしまうのも仕方がないですよね。ですから、ウォルシュラインの面接のときはその第一印象を変えよう、って。……自分を隠してしまおう、って思ったんです」

こんなことまで言ってしまっていいのだろうか。

こうして素肌を触れ合わせていても、話を聞いているのは雇用主だ。自分を偽って面接を受けたということは、会社を、この人を騙したことに繋がりはしないか。

「すみません、こんなこと……。自分を隠したなんて、言っていいことじゃないですよね」

「面接試験に受かりたいと思ったら、自分をよく見せようと表面上繕《つくろ》うのは普通だ。……ただ、沙良は自分をよく見せようとしていたというより、頑なに生真面目な人間であることを強調していた。面接担当者にいい印象を与えようとか、媚びようとか、そんな気配が一切なくて逆に疑問だった。……その理由がやっとわかったが、そのせいでいやなことを思いださせてしまったな……。すまない」

力がこもっていた彼の五指は柔らかく沙良の髪を撫で、そこに唇をつける。沙良は小さく首を振った。

「いいえ……わたしのほうこそ、おかしな話をしてしまって……」

「しかし、けしからん話だ。もしかして大学を中退したのも、学友や教授らとの人間関係のせいなのか？」

「そんなことはないです。いい人ばかりで、大学は楽しかったし……。むしろあのころ……」

「ん？」

沙良はふっと言葉を止める。壮の反応が相槌《あいづち》程度で済んでいるうちに首を振った。

「なんでもないです……。友だちはみんないい人ばかりでした。家庭の事情で中退したので、みんなで別れを惜しんでくれましたよ」

「そうか。……それに比べて、派遣時代は大変だったんだな」

頭をポンポンと叩かれると、もうそんな苦労はしなくていいと言われている気分になる。

しかし、もしここを辞めなくてはならないようなことがあれば、以前の自分に逆戻りだ。そんなことはありえないと考えつつ、沙良の心はもしもの予感におびえる。

彼の秘書である続ける条件はなんだったか。

――彼に、惚れないことだ。

（わたし……このままじゃ……）

壮に抱かれた身体が熱い。身体どころか、胸の奥がおかしなときめきでいっぱいになっている。

（このままじゃ……）

考えたくない思考を追い出そうとするかのように、沙良は壮の胸にしがみついた。

＊＊＊＊

穏やかな寝息を感じる。

腕を回した身体がふわふわと上下している。

「……沙良？　眠ったのか？」

　囁きかけても彼女は答えない。つい先程までは何気ない会話を交わしていたのだが、本当に眠ってしまったようだ。

　広すぎるベッドで沙良と身体を寄せ合い、壮はゆっくりと深い息を天井に向けて吐いた。

「……危なかった」

　彼女と話をして気持ちを落ち着け、こうして事もなげに肌を触れ合わせていられるようになったが、それまでが大変だった。

　とにかく身体が沙良を欲して堪らなかったのだ。

　誘惑に負けてしまえば、避妊具も変えないまま、つい数時間前まで処女だった彼女に無理を強いるところだった。

　――心から、こんなにも特定の女性を欲したのは、初めてではないだろうか。

　初めて……。そう、初めてだ。

　生まれ持った容姿のせいか、はたまた家柄のせいか、おそらく両方が原因で、壮は幼いころから女性に関して苦い思い出が多い。

　幼いころ、誘拐《ゆうかい》のように彼を連れ去ろうとしたのは女性だった。小学校のときに悪戯《いたずら》をしようとした女性教諭や、中学時代は彼にふられたから自殺すると狂言騒ぎを起こした女子生徒がいた。女性にまつわる悲惨な思い出は、まだまだある。

慈愛《じあい》に満ちた優しい性格と華やかすぎる容姿は対照的すぎて、壮は昔から人間関係、特に女性に関しての気苦労が多かった。

恋人がたくさんいるという身に覚えのない噂が横行し、嫉妬や相手にされない恨みを持つ者たちからは、とっかえひっかえで女にだらしがないと揶揄《やゆ》された。

自分が女性になにかをすれば、気があるのだと誤解されることが多い。みんながみんなそうではないにしても、誰からも誤解を受けないよう、されないよう、特に女性には心を砕いた対応はしないほうがいい。

自分の存在が原因で、誰かにやましい気持ちを持たせてしまうのはいやだ。

そう思っていたから、心から特定の女性を欲したことなどなかったのに……。

――しかし、沙良だけは違ったのだ……。

彼女を見ていると心が昂ぶった。考えると切なくなり、自分以外の男に笑顔を向けているとどうしようもなく苛立《いらだ》つ。

彼女にかかわりたくて、堪らなくなった。

まさか、自分から女性にかかわりたいなんて感情が湧くとは……。

かかわりたい、放っておけない、という気持ちは、やがて、もっと知りたい、触れたい……に発展する。

沙良が欲しいと、身体が先に反応した。

「……ん……くぅ……」

寝ぼけたかわいい寝息が胸から聞こえ、小動物のように小さく沙良の頭が動く。

目を覚ましてしまうだろうかと思うまもなく、またおだやかな寝息が聞こえはじめた。

沙良の一連の動きに笑みがこぼれる。就寝時に人間が身動きするなんて当然のことなのに、それさえもくすぐったいくらい心が浮かれるのはなぜだろう。

「……かわいそうな話をさせてしまったな」

沙良の穏やかな寝顔を眺め、壮は胸の奥が絞られるような痛みに襲われる。

着物の話から、母親が他界していて成人式にも出られず、思い出になるはずだった振袖も紛失したと知った。

本人はすぎた過去の出来事でしかないとでもいうように話していたが、……当時は、どれだけつらかっただろう。

彼女の話を繋げれば、そこからは不運続きだ。

原因は知らないが、沙良は大学三年になってすぐに中退している。

秘書としてそばに置き一緒に仕事をしていれば、彼女が仕事のできる女性であることはわかるし真面目で信頼できる人間であることもわかる。

そんな彼女が、中途半端な理由で学業を放棄するとも思えない。

すぐにでも仕事がしたいと派遣社員になった。環境的によろしくない派遣先も、たびたびあったようだ。

こういうことは笑い話で済ませてはいけないことだ。仕事の立場からくる優劣を笠《かさ》に揶揄されたら、反抗できないことも多いだろう。

ましてや、それが性的なことなら、つらい、悔しい、だけの話ではない。

それだから沙良は、自分の雰囲気を変えようとしたのだ。

持ち前の真面目さを生かして、見た目、そのままの人間になろうとした。

少しでも鋭い顔に見えるようメガネに頼り、いつも表情を引き締めて、決して周囲から甘く見られないように鉄壁秘書に徹した。

「素の沙良は……こんなにかわいいのに」

自分の呟きが嬉しそうな声になっているのを感じて、壮は心持ち照れくさい。

採用時に彼女が気になったのは、なぜ彼女が自分自身を偽ろうとしているのか興味を持ったことと、自分の生きる道を決めるために見せた、媚びない態度。

壮を、好みではないと喰ってかかってきたが……。

(こんなことになっても……俺は沙良にとって好みじゃない男に入っているんだろうか……)

ふと生まれた不安は、次に壮を惑わせる。

なんということだろう。特定の女性に嫌われていないか気にするなんて。

「沙良……」

未拓の身体を壮に委ね、とても素直に快感を受け入れてくれた。

彼女の反応や言葉、悦声の数々にどれだけ煽られたか。「壮さんだからいい」と言われたときは、理性と決別してがむしゃらに彼女を抱き潰したかった。

（まさか、仕事だから……と思って抱かれたわけじゃないだろうな）

壮に求められたとき、沙良はそれも今日の仕事に入っているのかと問うた。そのあとですぐに仕事じゃいやだと言ったので、わかってくれたのだと思っていたが……。

（ボスを困らせちゃいけない、なんて……、秘書の習性だったとかじゃ……）

沙良のことを考えるといろいろ不安になる。しなくてもいい心配やしたことのない憶測で、壮の心を惑わせる。

こんな感情を持つ必要がなくなるくらい、沙良を知りたい……。

不安といえば、大学時代の話をしているとき、友人はみんないい人だったと言っていた。そのあと、「むしろあのころ……」となにかを話しかけて止めたのだが……。

話がすぐに変わってしまったので壮も気にすることなく次へいってしまったが、沙良はあのときなにを言おうとしたのだろう。

もしかしたらとても重要なことだったのではないか。気を遣って言えなかったのではと、いまさらながら不安になる。

「……どこまで気にすれば気が済むんだ……。ったく」

自分に呆れて出た声は、少し大きめだったかもしれない。沙良がもぞもぞ動いたので、目を覚ますのかと彼女を見つめた。

「う……ん……」

小さくうめき、沙良は相変わらずおだやかな寝顔で壮を魅了する。

身動きした彼女の片脚が壮の片脚にのり、つい苦笑いが浮かんだ。

「……煽らないでくれ……。我慢しているんだから」

沙良の身体に回している手で軽く腰を撫で、そのなめらかな感触を残したまま彼女の髪を撫でる。

「仕事だから抱かれたわけじゃないって……思ってもいいか……?」

返ってこない問いかけをして、壮は沙良の頭を抱く。

一人の女性に本気になる自分にふりかかるかもしれない危機を、思いながら……。

＊＊＊＊

＊＊＊＊

高級ホテルになると、一部ゲストの車をホテル前に設けられた駐車スペースに停めておくところがある。

すぐに帰りそうな客だから、出庫の手間が省けるようにとホテル前に停めるのではない。たいていそこに停められるのは、名だたる外車や国産の高級車だ。

ＶＩＰだから利用できるというのもあるだろうが、ある意味ホテルのグレードをアピールする意味でもある。当ホテルのゲスト様でございますと言わんばかりに高級車がズラリと並んでいれば、ハクもつくというもの。

そして、壮の車もそんなスペースに停められていた。

角度によっては車体を眺めることができるほどの広いスペース。ナンバーを知っている者ならもちろん、翼のエンブレムがついた漆黒の外車に乗っていると知っているなら、これが壮の車だとすぐにわかるだろう。

――彼女にも、それがわかった。

それだから、ずっとその車を眺めているのだ……。

ホテル一階のラウンジからは特別な駐車スペースが見える。窓に面したカウンターテーブル席で、彼女はもう三時間も一人でグラスをかたむけている。

「こちらで夜を明かすおつもりですか？」

そんな彼女に声をかけたのは、――雄大だった。

相変わらずのおだやかな笑顔。パーティーの最中、ご機嫌伺いに来る者たちを次々に捌いていた気苦労のあとはまったく見えない。

「ぼんやりすごすには長すぎますね。ここに座って三時間以上経っていませんか？」

それでも、彼の声にはわずかなりとイラつきが含まれていた。

愛しい妻とパーティーを楽しむつもりで来たというのに、開会前のトラブルに手を貸し、そのあとも壮をけしかけたりトラブルに関する情報に時間を取られたりしていた。

おかげで愛妻は弟たちの奥方たちとばかり楽しんでいて、雄大は寂しさに耐え忍ぶしかなかったのである。

開会前のトラブルさえなければ、こんな一日にはならなかったのに……。

——あの令嬢を、けしかけた人間さえいなければ……。

雄大が近づくと、彼女がゆっくりと振り返る。こちらを見なくても、窓ガラスに映った顔で雄大が近づいてきたことはわかっただろう。その前に声でわかったかもしれない。

「……どこでなにをしていようと、私の勝手では？　そこまで規制はされていませんけど？」

きついウェーブがかかったセミロング。目鼻立ちがくっきりとしすぎた美人顔は、同じくらい性格もきついのかと思われがちだ。

しかし彼女の場合は想像で終わらない。顔立ちそのままの性格を表すよう、彼女の声は億劫《おっくう》そうだ。相手が雄大でなければ、うるさいと怒鳴っていただろう。

　そんな拗《す》ねた態度に感情を動かす彼ではない。雄大はそのまま言葉を続けた。

「あなたがずっと眺めている車の主が誰だか、あなたはわかっている。そして今日がなんの日か。彼がどういう行動をとる日か、あなたにはわかる。彼に会えなくたってわかりますよね。なんといっても、あなたは以前、壮君の秘書だったのですから。──壮君に会いにきたのでしょう？　湯川知佳《ゆかわちか》さん」

　それまでうるさそうにしていた知佳は、わずかに目を見開き肩を震わせて小さく笑いだす。きついウェーブのかかった髪を揺らし、ヒィヒィと笑い声を引き攣らせた。

　吐き気をもよおすくらい気分の悪い声ではあったが、壮の秘書をしていたときはここまでひどくはなかった。

　──事件後に、崩れてしまったのだ。

　それを知っている雄大は、眉をひそめることもない。

「ここで私が？　壮さんに会いにきたって言ったら、どうなるの？　逮捕《たいほ》？　また訴えられちゃう？　今度は刑務所？」

「あなたは、壮君の半径二百メートル以内に近づかぬよう、弁護士から言い渡されている。ここは、二百メートル以内かもしれませんよ？」

「偶然です。ここに一杯飲みにきたら、偶然見知った車があっただけ。今日が誰かの誕生日だとか、要求されたプレゼントが難問で、直接ロスの自宅へ送ろうとしていたこととか、……そ

んなこと、まったく知らないし……」

「正直ですね」

「今思いだしたから言っただけ。だいいち、そんなことを知っていたって、このホテルで誕生日パーティーをしているなんて知らない。解雇されてだいぶ経つんだから」

認めているのかいないのか。曖昧《あいまい》な態度をとりながら知佳はグラスを口に運ぶ。カラン……と大きな氷が音をたて、中の液体が彼女の口に吸いこまれていった。

テーブルにはウイスキーのボトルが置かれている。彼女はこんな高級ホテルでボトルをキープできるような身の上ではない。ふらっと一杯飲みにきただけなら、ボトルごとオーダーする必要はないのだ。

カラになったグラスに琥珀色《こはくいろ》の液体を注ぐ彼女を、雄大はじっくり観察する。本来ならば眉をひそめて追い返したい人物ではあるが、彼の表情は動かなかった。

湯川知佳は、半年前、壮に対して執拗《しつよう》なストーカー行為を働き、また、それに伴う傷害事件を起こしたことで解雇された。

ストーカー規制法の適用で、壮の半径二百メートル以内への接近を厳禁とされ、もちろん職場や住居などへ近づくことも禁じられているのである。

ふらっとホテルのラウンジに入ったら、偶然壮の車を見つけてしまった。間違いなく偶然と説明ができるのなら、問題はない。

……しかし、偶然でなければ……。

「壮君につきまとっていたご令嬢に、壮君のプライベートナンバーを教えたのは、あなたですね。今日ここで友人の誕生日パーティーが開催されることも、ご令嬢にお聞きになったのでしょう」

ウイスキーを注いでいた知佳の手が止まる。注ぎ終えたから止まったのか、それとも雄大の言葉に反応したのか、どちらともつかない。

「壮君のナンバーを教え、女性として魅惑的な写真を送るように提案した。壮君は意外とそういった写真に弱く、女性から逃げてばかりいるから強引な女性に弱いんだ、と……適当極まりないアドバイスをされたようですが？」

「私が、それをしたっていうんですか？　壮さんは片桐様を尊敬されていましたし、自分に懐《なつ》いている人間を庇いたい気持ちはわかりますが、あまりにも適当すぎて……」

「ご令嬢からの聴取はしています。プライベートナンバーも教えてくれたし写真のアドバイスもくれたし、昔の秘書はいい人だったたって大絶賛でした。どうりで、今の秘書殿の告げ口をする際『今の秘書は意地悪だ』と言うわけです。なんでも、彼が帰宅する時間に待ち伏せすればいいというアドバイスもされたようですね。――ご令嬢を、あなたの仲間にするおつもりでしたか？」

知佳は黙ってグラスに口をつける。前を向き、虚《うつ》ろな目がガラスの向こうに見える壮の車を見つめた。

「執着してストーカー化すれば、ご令嬢もあなたと同じく壮君には近寄れない身分になる。そうやって、壮君に近づく女性を排除しようとしている。……あなたは、それでひとりの人間に怪我《けが》を負わせたことを、少しも反省していない」

冷静に話をしていた雄大だが、わずかに眉が寄った。

一瞬の表情の変化だったが、知佳は気づいたのかもしれない。注いだウイスキーを一気に飲み干すと、大きく息を吐いてよろけながら立ち上がったのである。

「……私は……壮さんに、近寄れないの……」

小さな声で呟き、知佳はガラス越しに壮の車を見つめる。

「……でも……好き」

テーブルに置かれた両手が、固いガラス製の表面を掻く。触れたいのに触れられない悔しさを表すかのように、指が震えていた。

「だから……近寄ろうとする女が近寄れないようになれば……壮さんは……いつまでも私だけの壮さんでいてくれる……」

ガラスに映った知佳の目は血走り、剣呑として雄大を見る。……しかし、ゆっくりと振り返った彼女の目は朦朧として頼りなく、先程の険しさが嘘のよう。

「……なーんて悪巧《わるだく》み……、今の私にできると思います？」

ショルダーバッグを手に、知佳はフラフラと歩いていった。千鳥足《ちどりあし》になっているせいかラウンジを出たところで転倒したが、ベルボーイが駆けつける手前で勢いよく立ち上がり、逃げるように走り去った。

「転んだのが恥ずかしかったのかしら。相変わらず無駄にプライドが高い女ね」

その様子を見ていた雄大のもとに、同じく一部始終を見ていたハルが近づいてくる。ハルは大きく息を吐きながら肩にかかった長い髪を払った。

「まずくない？　あの女、壮君のことを諦めてないよ。諦めたつもりで、諦めきれていない、って感じかな」

「壮君に近づく女はみんな許さない、という感情で、仲よくしていたクリーンサービスの女性に刃物を向けたくらいですからね」

「ホント馬鹿。仲良くて当然じゃない。母と息子なんだから」

「壮君のご母堂《ぼどう》様は過保護ですからねぇ。彼がCEOとして日本で着任したときから、クリーンサービスを装って会社に出入りしている。……まぁ、幼いころからの彼を見ていれば、心配で仕方がないのでしょう」

壮の母親の話題を肴《さかな》にアハハと楽しげに笑う雄大だが、あまりにも彼に余裕がありすぎるせいか、ハルはわずかにイラついたようだ。

「もう、雄大さんは余裕綽々《よゆうしゃくしゃく》すぎるのっ。壮君に、今からでもあの女をなんとかするように言わないと……。今日の壮君を見て、アタシだって驚いたよ……。あの壮君が、一人の女にあんなに執着するなんて」

勢いのよかったハルのトーンが落ちる。彼はパーティーでの壮を思い起こしているのだ。

沙良を気にして落ち着かなかった壮。ハルから取り返し、誰もバルコニーに近づかぬよう、窓辺にウエイターを装ったハルのSPを置いた。

そして沙良を抱きかかえて会場を出ていくときの……彼の笑顔……。

あんなにも凛々しくて嬉しそうで、……見ているほうが恥ずかしくなるような壮は、初めてだ。

雄大もハルもわかっている。壮の友人たちだって気づいただろう。

壮は、同伴したこの女性に惹かれているのだと……。

女性に特別な感情など持ったことのない男が、変わりはじめている瞬間なのだと……。

「……森城さんは、壮君の人生を変えられる縁を持った女性です。……かつて僕も、そんな女性に出会い救われました。だからこそ、そんな縁を大切にさせてあげたい」

雄大はなにかを懐かしむよう口にする。穏やかだった彼の表情は、次の瞬間厳しくなった。

「それを踏まえて、ハル君、君にお願いがあります」

「なに？　他ならぬ雄大さんの頼みなら、見返りナシで聞いてあげるわよ？　……あ、やっぱり……、上半身でいいからヌード撮《と》らせて」

「こんなジジイの裸を撮ってどうするんです。湊君に撮らせてもらいなさい」

「なに言ってんのよっ。四十過ぎとは思えない筋肉美を持ってるくせにっ」

ちょっとふざけて二人そろってアハハと笑うが、同時に真顔になった。

茶化《ちゃか》しているようだが、ハルだって真剣なのだ。

大切な友人に、幸せを掴んでほしいと思っている……。

そんなハルに、雄大は告げる。

「壮君から……森城さんを引き離してください」

第四章　愛しき幸せと廻《めぐ》りあうということ

バシャッ……と、水しぶきが飛び散る。

あまりにも勢いがよすぎて、前髪をよけるためのタオルヘアバンドからパジャマの胸元までびしょ濡れだ。

そんな濡《ぬ》れ鼠《ねずみ》の自分を、沙良は洗面台の小さな鏡からジッと眺める。

ニヤついていないだろうか。赤い顔はしていないだろうか。――ちゃんと、鉄壁秘書の顔はできるだろうか。

「大丈夫……、今日もできる。大丈夫っ」

自分に言い聞かせるために呟き、沙良は「ふんっ」と気合を入れて身支度を続けた。

――壮に抱かれた夜から、一週間が経とうとしている……。

日曜日にマンションへ帰ってからは、しばらく呆《ほう》けてしまって動けなかった。

生活臭《しゅう》のする部屋にいるうち、やっと、自分は夢をみていたのではないかという気持ちになったのである。

綺麗な着物も、高級な外車も、ゴージャスなスイートルームも、壮に抱かれたことも……。

――すべて、夢なのではないか、と……。

そしてまた一週間がはじまり、出社して心配だったのは、なんといっても壮にどう接したらいいかだった。

仕事として彼の同伴者を務めたはずなのに、一夜を共にしてしまった。

抱かれたことを後悔はしていない。あの夜に彼の本質を知れた気がしたし、そんな彼に沙良は心を奪われた。

気持ちが動いてしまったことを壮に知られるわけにはいかない。彼に特別な感情を持たないことが、秘書でいるための条件だ。

壮があんなに情熱的にアプローチしてくれたのは、変身した沙良が彼の好みだったからにすぎない。

元の鉄壁秘書には、興味など微塵もないはずだ。

……そう考えると、胸がズキンと痛む……。

切なさを伴う痛みを隠し、沙良は鉄壁秘書で心を武装した。

そんな彼女に対して、壮の対応は大人だった。彼はいつもと変わらない、完璧ＣＥＯの顔で仕事に徹してくれたのだ。

沙良があの夜のことを口にしないように、壮も口にしない。

あの夜の出来事は本当に夢だったのだ。そう思えるくらい、いつもどおりの毎日が続いた。

……ほんの少しだけ、あの夜の蕩けるような眼差しと声で「土曜日はありがとう」と壮が囁きかけてくるのではと期待してしまっていた。

そんなこと、あるはずがないのに……。

とにかく、壮が変わらぬ態度で仕事をしてくれて、一番安心した。それだから沙良も、以前と同じ態度で仕事を進められる。

完璧ＣＥＯと鉄壁秘書。それが揺らぐことはないのだ。

これでいい……。

そして、秘書に徹するために毎朝気合いを入れ続けた週の、金曜日――。

本日は外出先から直帰《ちょっき》予定である。直帰の希望は壮から出された。なんでも、大切なディナーの予定が入っているらしい。

様子から完全にプライベートなのはわかるが、一ヶ月強彼の秘書をしていて、私用があるから直帰できるようにスケジュールを調整してくれと頼まれたのは初めてである。

本来、私用があっても会社に帰って、その日のうちの仕事を片づけてしまう気真面目すぎる人なのだ。

(よっぽど大切な約束なのかな)

それとも、よっぽど楽しみなディナーなのだろうか。それほどまでに彼の心を浮き立たせるのは、どんな人物なのだろう。

「ＣＥＯ、移動はどうされます？　向かわれるのはここから歩いて行けるところですか？　タクシーを停めますか？」

複合商業施設内に建つビルのエントランスを歩きながら問いかける。直帰の予定だからと社用車は帰してしまっているのだ。

目的地が遠いなら車を手配したほうがいいだろうし、もしかしたら着替えるために一度帰宅するつもりなのかもしれない。

「車は必要ない。目的地はすぐそこだ。着替えが済んだら、すぐディナーにするつもりだし」

「それなら、一度帰宅されるのでは……」

「着替えるのは俺じゃない」

壮の足が止まる。従うように沙良の足も止まったが、彼の表情がやわらかくなごんだのを見てドキリとした。

「着替えるのは君だ。――沙良」

「え……？　はぃい？」

あまりにも突然のことで二回返事をしてしまった。一度目のは、なぜ自分が着替えなくてはいけないのだろう、という疑問。二度目のは、いきなり呼び捨てにされた驚きに対するもの。

「今夜のディナーの相手は、先週末に夢のような夜を過ごさせてくれたシンデレラだ」

沙良は大きく目を見開く。ひょいっとメガネを取られ、「あっ！」と出た声とともに手も出るが、取り返すこともできないまま宙を掻く。

「なので、君には着替えてもらう必要がある。このメガネは没収」

「ですが、ＣＥＯっ」

「壮、だ」

メガネを持ったまま人差し指で唇を押さえられ、驚いた背筋がピンっと伸びる。唇の上で指が左右に動き、ゾクゾクしているうちに指が離れて、右手を取られた。

「ショップに話しはつけてある。行こう」

「い、行こう、って……ですが、あのっ……」

「慌てるかわいい君を見るためには、こうして予期せぬ出来事を作るに限るな」

壮は嬉しそうに歩を進める。どれだけ浮かれているのか知らないが、鼻歌まで聞こえてきた。

(ど、どうして、こんなに喜んでるの……)

壮に反して、沙良は戸惑いが大きすぎる。とられた右手は壮の手の指とシッカリ絡まり、手を繋いでいるようにしか見えなかった。

超絶《ちょうぜつ》イケメンが、さえない女の手を引いて、鼻歌が出るほどご機嫌で広いエントランスを闊歩《かっぽ》している。の図。

目立たないわけがない……。

すれ違う人すれ違う人が、振り返っては目で追ってくる。もちろんみんな壮を見ているのだとわかっているが、そんな注目を浴びる人に引きずられている自分が恥ずかしい。

（どうしよう……ていうより、どうなってるの……。一週間前のアレは、なかったことになっているんじゃ……）

夢から覚めた仕事尽くしの日々。壮はなにも変わらなかった。あの夜のことを口に出すどころかにおわせもしなかった。

これが、大人の男性の余裕なのだと、思いこもうとしていたのに。

「お待ちしておりました。桐ケ谷様」

とても丁寧で物静かな女性の声が耳に入り、ハッと気づくと、沙良は目的地らしいショップの中にいた。

トーンを落とした照明、広い店内に並べられた洋服や小物は、その良さを見せつけるかのように余裕を持たせ点在し、絶対に興味本位でふらっと入店することは許されない雰囲気を醸《かも》し出している。

「ほら、変身させてもらってこい」

沙良の背中をポンッと押し、壮はモデル並みにスラッとした女性スタッフに「頼みます」と告げる。

「いえっ、わたしはっ……」

「かわいらしいお嬢様ですこと。お任せください。桐ケ谷様が見違えるほど、もっともっとかわいらしくして差し上げますから」

逃げるなら今しかない。そう思って口出ししたというのに、女性スタッフのセリフに阻まれた。

それだけならまだしも、どこから湧いたかさらに三人のスタッフが追加され、抵抗虚《むな》しくさっさと店内奥の個室へ連れこまれてしまったのである。

——そこからは、ほぼ人形状態だ。

あらかじめ用意されていたらしい数着から、スタッフの満場一致で決定したワンピースを着せられ、靴を合わせられ、見事なほどの流れ作業でメイクと髪型を変えられた。

そんな姿を鏡で見れば、出る言葉はひとつである。

「これがわたし？　ってやつだな」

口には出せずに思い浮かべていただけのセリフが聞こえて顔を向けると、いつの間にか壮が室内にいる。彼は沙良を見つめて満足げに微笑み、一歩うしろに控えていたスタッフへ、無造作に一枚の長細い紙を差し出す。

「いいな、気に入った。綺麗だよ、沙良」

先のセリフはスタッフに言ったもの。彼が渡した紙切れの正体を悟った沙良は、それを奪おうと手を伸ばす。

「待ってください、それっ……！」

「先日の着物もよかったが、今回も最高だ。さあ、行こうか」

「いや、あのっ、それっ、あああぁっ……」

「ありがとうございました、桐ケ谷様、お嬢様」

あまりにも素早く過ぎた一連の流れとしては、まるでメモ用紙でも渡すかのように差し出された小切手を、とんでもない金額で切られている胸騒ぎとともに奪おうとした瞬間、壮に腰を抱かれ引き寄せられて手が届かなかった。

彼に半ば引きずられて個室を出たところから、お買い上げありがとうございましたのお見送りがショップを出るまで続いたのである。

「ちょ、ちょ、ちょぉぉっ……」

「慌てる顔がよけいにかわいい。早くこんな人混みは抜けて、二人きりになろう」

「ふ、ふたりきり……どこへっ」

「ディナーに決まっているだろう。この施設内にあるホテルのレストランに予約を入れてある。個室だから、二人でゆっくりディナーを楽しめる」

「待ってください……、わたしはですね、ちょっ……ＣＥＯっ」

「壮、だ」

急にピタッと止まるので、勢いで一歩前に出た沙良は弾かれたゴムのように一歩戻った。

ショップを出てからも、腰を抱かれたままエントランスを歩いている。先程と比べて周囲の人たちにどんな目で見られているか確認はできなかったが、おそらく超絶イケメンに引っ張られてきゃあきゃあ騒いでいるみっともない女がいる、くらいの認識に違いない。

突然のことで驚いていたとはいえ、動揺しすぎだったかもしれない。……改めて、少し恥ずかしい。

「ですが……、わたしが、……またその呼びかたをする資格は……」

沙良は言い淀《よど》む。本当は胸がドキドキしているのだが、それを悟られるわけにはいかない。

また彼を「壮さん」と呼べるなら……。どんなに嬉しいだろう。

「困ったレディだな。俺のパートナーは」

またもやドキリとさせることを声に出し、壮は沙良を大きなガラス窓の前に立たせる。背後に立ち、彼女の両肩口に手を置いた。

「ほら、見てごらん」

そこから見えるのは、ビル前のアプローチ。しかし、彼は窓の外の風景を見ろと言っているのではない。窓ガラスに映る自分の姿を見ろと言っているのだ。

そこには、秘書ではない沙良がいる。ほどよくボディラインが出るワンピースは少々セクシーではあれど、首元で結ばれたリボンタイと五分丈のエンジェルスリーブが肌の露出《ろしゅつ》を抑え、清楚《せいそ》感を漂わせる。

ハーフアップにされた髪は綺麗にそろった内巻をつくり、メイクもナチュラルながら夜の外出を意識して口紅が少々濃い目。レッド系にグロスを足していた。

ショップの鏡でも自分の姿は見ていたが、動揺のあまりシッカリ落ち着いて見てはいなかった。

ずいぶん変わった、とは思っていた。本当に「これが、わたし?」と言いたくなる。

肩口から手を離し、壮はガラス窓に映る沙良を見つめたまま彼女の右手を取り、右側に立つ。

「このシンデレラに会うために、今週の仕事を頑張ったようなものだ。今週末を一緒にすごしたくて、商談も接待もイベントもパーティーも、なにも予定が入らないよう、ほうぼうに根回しをした」

いつもなら週末に接待込みで行われるような商談が、今週は平日のランチにあてられていた。壮が自分で調整していたので口出しもできなかったが、まさかそんな意図があったとは。

「ですが……、今週に入って、ＣＥＯはごく普通に仕事をしていらっしゃいましたし……わたしも、普通にしていましたし。先週のことは、あの夜限りのことだと割り切っていらっしゃるんだと……ずっと……」

「君とすごした夜を、割り切って平気な顔をしているんだって、……気にしてくれた?」

そんな言われかたをされると、急に気まずくなる。頬が熱くなるのを感じて、ガラスに映る自分から目をそらした。

……なんだか、平気な顔をしていたくせにと、拗ねているようではないか……。

「俺は……気にしていた。ずっと……」

沙良の右手に唇をつけ、両手で包み、壮は熱い眼差しを向ける。

「ずっと、素《す》の沙良に会いたかった」

鼓動とは違う別のものが、胸の奥でトクントクン動いている。切なくて息苦しい。油断をしたら涙が出てしまいそうだ。

憶測の中に混じる、不安と期待。そして自惚れ。

自分の心が嬉しくなるように思考を働かせたいのに、それができない。

「壮さん……」

小声で彼を呼ぶと、手を握る壮の手に力が入る。沙良の声を聞き逃さないためなのか、彼が顔を寄せてきた。

「……壮さんは……わたしが好みではないはずでは……なかったんですか……」

「素の沙良は、かわいすぎて困る」

彼の唇が耳の輪郭に触れる。放っておいたらこのままエスカレートしそうな雰囲気と、囁かれるだけでゾクゾクしてしまう自分を抑えるためにも、沙良は壮を見つめた。

「今のわたしで、いいなら……」

「当然だろう。嬉しいよ、沙良」

本心から嬉しいと感じさせる微笑みを見せ、壮は沙良のこめかみにキスをしてから「行こう」と彼女の手を引いて歩きだす。

繋いだ手から壮の熱と力強さが伝わってきて、それだけで自分がじわっと潤うのがわかった。

彼に欲されたことに心は浮き立つのに、よけいな考えが邪魔をする。

――壮は、自分好みに変身した沙良を求めているだけだ。

着飾った顔は素の沙良とは違う。彼が言うように、魔法にかけられたシンデレラでしかない。

魔法が解ければ終わり。彼の心には引っかからない。

魔法にかかった沙良とすごしたいから、壮は週明けからの仕事に没頭できたのだ。秘書の顔をした沙良は好みではない女だから、一緒にいても心は揺れない。

週末に自分好みに変えられるのを、楽しみにしていただけ……。

一方沙良は、変わらない仕事ぶりを見せながらも、彼に抱かれた夜のことを考えそうになる自分を必死に抑えていた。

(このままじゃ……本当にわたし……)

囚《とら》われてはいけない想いだ。

沙良は呼吸とともにそれを嚥下して、変身した自分に気持ちを切り替えた。

壮が予約していたというのは、四十五階の窓から広がるスカイラインが美しい、複合施設内に建つホテルのフレンチレストランだった。

仕事はもちろん、プライベートでも入ったことのない場所で緊張はしたが、壮持ち前の話術が沙良をほぐしてくれる。

——そして、ほぐされた気分のまま、二人は五十三階のプレジデンシャルスイートへ向かったのである。

こうなる覚悟は、ディナーをＯＫしたときからできていた。

もしかしたら……。いや多分、と……。

壮が自分好みに変身した沙良を求めるように、沙良もあの夜の彼を求めていたのだから……。

「あっ……ふ……ぅ、壮さ……」

彼のキスに呼吸が途切れる。下半身のむず痒さに耐えきれなくなった沙良は、つい膝立ちになってしまった。

ベッドに腰掛ける壮の片脚を跨いで軽く腰を下ろし、向かい合わせになって抱き合っていたので、沙良が膝で立つと高さが変わって唇が離れてしまう。

ツゥッと糸を引いた唾液は、高さ関係的に壮の唇に垂れ落ちる。それを赤い舌がぺろりと舐めるさまは、なんとも淫靡でゾクリとした。

「こっち?」

「あっ……」

バスローブの紐《ひも》が軽くほどかれる。今までバスローブ越しに沙良に触れていた彼の両腕は、なんのためらいもなく中へ潜《もぐ》って素肌を抱いた。

部屋に入ってすぐ入浴した。別々ではあったが、服を着て出ていくのもおかしいだろうと、バスローブだけを羽織《はお》ったのである。

これからするだろうことを考えれば、下着もなしでバスローブだけでいいと決断できたのは、我ながら大胆だったと思う。

しかしそんな沙良を見て、壮はくすぐったげに笑ったのである。

「沙良は奥ゆかしいな。裸でベッドにもぐって待っていてもいいのに」

「む、無理ですっ。そんな、恥ずかしいっ」

咄嗟に大否定してしまい、声高らかに笑われた。

そんな彼も、腰にタオルを一枚巻いているのみである。人には入浴あとの全裸を提案したくせに、と言ってはいけない。おそらくこれは、壮の心遣いなのだ。

全裸でなんて出てこられた日には、目をそらしたまましばらく彼を見られない……。

ベッドの端に腰を下ろした壮に呼ばれ、沙良もベッドにのって彼の片膝に腰を下ろすという、先週の夜を思いだすような体勢になった。あのときと違うのは、二人ともすぐ裸になれる状態だというところ。

尽くす。

壮に抱きしめられ、彼がくれるキスに激しく官能を揺さぶられた。口腔内は熱く痺れ、同じように体温も上がって、何度も沙良の身体を抱き直す腕や手が、背中や肩をまんべんなく撫で尽くす。


もどかしい疼きが腰の奥に落ちてきて、堪らず膝立ちになってしまったのだ。

沙良の背中と腰を抱き、壮が胸の谷間で顔を動かす。ふくらみの内側を交互に唇で弾き、左のふくらみに吸いつく。下から押し上げるように舌を動かせば、反応しかかっている頂に引っかかり、そのまま突起に吸いつかれた。

「あっ、あん……壮、さ……」

ちゅるりちゅるりと舐めしゃぶられ、彼に背中を押し出すように支えられているせいか、胸が前に出る。体勢のせいもあって彼の舌の動きがとてもよく見え、愛撫される以外の快楽が生まれた。

「んん……やっ、ぁん……」

大きな動きではないにしても、軽く身じろぎしてじれったさを伝える。しかし動いた瞬間内《うち》腿《もも》をなにかが流れる気配がして、驚きに腰が引けた。

腰を抱いている壮がそれに気づかないはずもなく、彼はスルッとお尻の円《まる》みを撫でると、双丘の溝に指を滑らせたのである。

「あっ……！」

腰を戻す間もなく壮の指は秘部に到達し、すでに濡れそぼる蜜床をぐちゅぐちゅと淫音をたてながら掻き混ぜる。

「やっ……ぁ、あっ、あんっ……」

「内側に垂れてきて驚いた？　とっくに感じていたんだから、垂れて当然なのに」

「か……感じて……ぁっ、やぁンッ」

「ここも、感じて硬くなって……」

今度は反対側の頂を咥え、強く吸引する。顔を出す突起に舌を撫でつけては、上に下にじっくりと舐《ねぶ》った。

「あっ……あぁ、壮っさ……あんっ」

胸を吸われているのもそうだが、秘部で無造作に動かされている指が膣口から入ってくるのではと考えてドキドキする。

彼の愛撫がもう少し続いたあとに訪れる行為を考えれば指どころの話ではないのだが、それでも、指が入りそうと思うと落ち着かない。

「ん……壮さん……、指、駄目……ですよ？」

「指……？　もしかして恐《こわ》い？　指で怖がられちゃ、ちょっと切ないな」

「こわい……というか……あっ、ぁ……」

「ん？」

適当にぼかしておけばよかったのに、胸に吸いついた壮に聞き返されてしまった。これでは答えないわけにもいかず、沙良は壮を見つめてひかえめな声を出す。

「壮さんの……一部が入ってくる……って思ったら……、ドキドキしちゃう……から……」

一瞬、壮の動きが止まる。次の瞬間強く胸の突起を吸いたてられ、反射的に喉が反った。

続けて、気にしていた部分に、つぷっ……と指が入ってきた気配がして、沙良は壮の腕に預けていた手に力を入れる。

「そ、壮さっ……あっ……！」

挿しこまれた指は、入口を探るよう右に左に回る。お尻側から手を回しているのでそんなに深くは入っていかないようだが、それでも、蜜窟をくすぐられる感触が堪らない。

「あっ……あ、やっ……ン」

「痛くないか？」

「痛くは……な、ぃ……あっぁぁ……」

それどころか、入口を広げたり戻したりされるのがもどかしい。もっと張り詰めるような強い感触が欲しいと思ってしまうのはいやらしいことだと思えど、身体がそれを要求している。

「一週間ぶりだし。ふさがっていたらどうしようかと思った」

「ふさがっているわけ……ぁぁん、そんなわけないじゃないですかぁ……ンッん」

「それなら、確かめる」

「え？」

指を抜いた壮は、指どころか手のひらにまで愛液がしたたっていた自分の手を見て口角を上げると、ぺろんと舐めた。

「あ……なにか拭くもの……」

間違いなく自分が恥ずかしい部分から垂らしてしまったものを、それも目の前で嬉しそうに舐められるなんて。照れくさくてあわててしまう。

沙良は周囲を見回すも拭けそうなものが思いあたらず、脱がされかかっていた自分のバスローブで壮の手を拭いてしまった。

「もったいない」

「もったいなくないです。目の前でそんなことされたら、気まずいです」

「どうして？」

「……それは……」

「興奮した証拠だから？」

言葉が出ない。沙良がこくんとうなずくと、片手で頭を引き寄せられてキスをされた。

「興奮して堪らなくなっているのは、沙良だけじゃないから大丈夫」

沙良をそのままの体勢でベッドに残し、壮だけが立ち上がる。ベッドの端で両膝をついている不安定なスタイルなので座り直そうかとも思うが、彼が立ち上がった瞬間にタオルが外れてしまっていたので振り向くにも振り向けない。

枕の陰に隠していた避妊具を手に取ったのが見えて、ドキリとする。すぐにお情け程度に身体に引っかかっていたバスローブを脱がされた。

「沙良は、背中も綺麗だ」

背にかかる髪を肩から前に寄せ、壮の唇が背筋を這《は》う。ゾクゾクっと電流が走り軽く反ったあと、前へ倒れそうになった身体を壮の片腕に支えられた。

「このままベッドから下りて」

「このまま……ですか？」

壮に背中を向けたまま、ということだろうか。支えられた状態で足を下ろす。身体を前かがみに、手から両肘までをベッドにつくよう促された。

体勢としてはお尻が高く上がっている。背後にいる壮がそれを見ているのかと思うと、つい閉じあわせた内腿をモジモジ動かしてしまった。

「我慢できない？」

「そういうわけでは……」

……ある、が、そんなことは言えない。

意識して内腿を締めていたのに、突き上がったお尻をじっくりと撫でられ堪らずゆるんでいく。そのタイミングを待っていたかのように両脚の間隔を開けられた。

この体勢で挿入されてしまうのだろうか。壮から見ると、とんでもなくいやらしい格好をしているのではないだろうか。

見てくれと言わんばかりに恥ずかしい部分を突き出しているのだと思うと、羞恥のゲージが上昇する。腰の奥に突きこむような痛みが走り、彼にさらした湿地がまた潤む。内腿を、ゆるやかに温かな愛液がしたたっていった。

「大洪水」

「み、見ないでくださ……」

「見えるんだから仕方がない。……沙良が、俺に見られただけで感じてくれるとか……最高だ」

「壮さ……ンッ……ぁ」

したたり流れるものを、ぬるっと舌が舐め上げていく。それだけでは終わらず、足元にかがんだ壮は秘園を唇で覆い、潤沢《じゅんたく》な潤いをズズッと吸い上げた。

「あぁ……ンッ！」

次々とあふれる蜜を一滴も逃すまいとするかのよう吸いたてられ、もっと出してと言わんばかりに舌が蜜口をえぐっていく。

「やっぁ……あぁ、ダメっ……んっ」

刺激が強くて膝が崩れかかる。その膝を撫でながら、壮が唇を離した。

「たくさん出てきた」

「……恥ずかしいです」

「恥ずかしくない……。沙良が気持ちよく溶けてくれるなら、俺は嬉しい」

壮が立ち上がった気配とともに、熱い塊を感じる。胎内が期待で跳ね上がったとき、熱り勃ったモノが膣口の形を変えはじめた。

「あっ……あぁ！」

挿入時におこる、押し上げられるような圧迫感。ハジメテのときほどではないにしても、苦しいまでの充溢感が襲ってくる。

沙良は両手でシーツを掴んで肩をすぼめた。

「あっ……いっぱい……、あぁん……！」

「苦しい？」

「……ちが……うの……、ぁあっ、そうさんが……いっぱい、で……あぁ！」

壮にたくさん吸われたはずなのに、熱棒が進んでくるごとにぷちゅぷちゅと蜜が押し出され、あふれていく。蜜窟を満たしていたはずの潤いを追い出して、壮が沙良を満たそうとしているのがわかる。

「壮……さんで……、いっぱいに、して……ほしい……」

うわごとのように出た言葉だったが、それが壮の感情を猛《たけ》らせる。壮は沙良の腰を両手で掴むと、残りの欲棒を根元まで突きたてた。

「あぁ……あぅンッ！」

軽く引いては突きこみ、また軽く引いては内奥を穿つ。繰り返されるごとに自分が壮に埋め尽くされていくのがわかって、快感とは違う悦びに陶酔した。

「壮……さ……、あぁ、いっぱぃ……ぁあっ、壮さぁン……！」

「沙良……君を……俺だけのものにしたい……、ずっと……」

「あぁ……！　あぁぁっ、ダメ、そんな、にっ……」

あまりにも彼の突きこみが強くて、他のことが考えられない。シーツを握る両手のあいだで、沙良は激しく首を左右に振った。

息が止まりそうなくらい苦しいのに、それ以上に官能が昂ぶっていく。

「壮さ……ダメェ……あぁ、あっ、強い、のぉ……あぁっ！」

膝がガクガク震えてくる。このままでは崩れてしまいそうだと感じたとき、壮の動きがゆるやかになった。

「すまない……つい夢中になった」

耳元に顔を寄せて囁く壮の声は、わずかに照れくさそう。沙良を抱いていて我を忘れたのだ。

彼らしかぬ余裕のなさを感じて、子宮がきゅんっと甘く疼いた。

「ベッドにあがって……。そのまま、進んで」

崩れかかっていた片脚をベッドに上げられ、沙良はそのまま四《よ》つん這《ば》いになってキングサイズのベッドの中央へ進む。

移動中も壮とは繋がったままだ。彼も沙良に合わせてベッドにあがり身体を進める。繋がったまま移動するなんて、離れたくないと言われているようで感情が高揚する。

場所を落ち着けると、壮の腰がゆっくりだが一定のリズムを持って揺らされる。ときどき腰が落ちそうになると、そのたびに持ち上げられた。

まるで「めっ」と叱られているようでもあるが、仕方がないのだ。

ベッドに手をついていたときもそうだが、四つん這いという格好が獣《けもの》っぽくて恥ずかしい。

つい逃げたくなってしまう。

とはいえ、初めての体位は新鮮で、痛みがないぶん素直に彼を感じられる。

「壮さ……壮さぁぁン……ぁっふ……ぅ……」

「バックは……苦しくないか?」

「大丈夫で……す、ンッ、でも、ぁぁ……わた、し……」

「どうした?」

口にしようとしていた言葉が頭をめぐっていく。ちょっと照れくさくなってごまかしてしまおうかと思うが、壮が言いなさいとばかりに滾りを引き、浅い所で切っ先を遊ばせている。

それがもどかしくて腰がもぞもぞ動くのだが、彼の動きは変わらない。

言わないと続きはシてあげない。……とでもいうなら、とんだ意地悪である。

「こ……この格好だと……」

控えめに口にしながら肩越しに振り向く。壮が「なに？」と余裕を見せるので悔しいが、言ってしまいたい気持ちもある。

――言えば、彼は喜んでくれる気がする。

「……壮さんの……顔が見えなくて寂しいな、って……」

蕩かされそうな眼差しも、垣間《かいま》見る余裕のない表情も、なにも感じられないのは正直なところ寂しいし、視界にとどめられないのはもったいない。

「ったく……」

吐き捨てるような呟き。壮が片手で顔を押さえる。喜んでくれるかもしれないなんて自惚れを後悔しそうになったが、次の瞬間、壮は浅瀬で遊ばせていた剛直を、勢いをつけて叩きつけた。

「あぁぁんっ！　ぁンッ」

その勢いのまま、彼は激しく律動する。強く突かれると身体が一緒に揺さぶられ、両の乳房が申し訳ないほど揺れ動いた。

「ンッ……ん、壮、さ……やっ、強い……あぁんっ！」

「沙良は……本当に、……そういうことばかり……」

「あぁっ！　壮さぁん……！」

「そういう……かわいいことばかり言うっ……！」

身を寄せて、片手で乳房を揉みしだく。片方を揉んではもう片方へ移動し、もどかしそうに両方交互にこね回す。

「ぁあっ、あっ、ダメっ……あンンっ……！」

壮の勢いに押され、腰がだんだん下がってくる。先程までは彼が支えてくれていたので上がっていたが、今は沙良の乳房をもてあそび、もう片方の手は頭の横で枕を掴む手を包みこんでいる。

「ダメっ……腰、上げていられな……あぁんっ……！」

「いい。そのまま下げて」

お許しが出た腰がガクッと一気に下がる。完全にうつ伏せになってしまったが火杭が打ちこまれる勢いは変わらない。むしろベッドに押さえつけられているぶん勢いがついたような気がする。

「あぁ、壮さんが、いっぱい、入って……あぁっん！」

「いっぱいにしてやる。好きなだけ……」

胸を嬲っていた手が、左と同じく頭の横で枕を掴む右手を包む。壮の手に包まれている安心感で手の力がゆるむと、指のあいだに彼の指が入ってきてキュッと握られた。

うしろから軽く覆いかぶさり剛直を擦りこむ壮は、その猛々《たけだけ》しさを忘れさせる声で囁く。

「こっち向いて……キスしよう」

快感が溜まって泣きそうな脳に甘すぎる刺激。懸命に顔をかたむけ、壮と唇を合わせると漏れる吐息も途切れ途切れになる。

「ぁ……ハァ、ンッ……壮、さ……ダメ、もぅ……」

突き上がってくる快感の限界を伝えかける唇をふさぎ、壮は呂律《ろれつ》を放棄した舌を吸い上げる。ジュルジュルッと舐めしゃぶっては唇でしごき上げた。

「あぁ、あっ……ンンッ、あっ――――!」

大きな波に激突したかのように背が反り上がり、唇が離れる。壮がいるので大きく反りはしなかったが、彼を押し上げんばかりに力が入った。

「あ……あぁ……」

腰が震え、隘路が収縮する。沙良が達したのは壮にも伝わっているらしく、彼は動くのをやめ彼女の肩や背中にキスの雨を降らせた。

沙良の手を離した壮は、身体を起こし彼女の身体をかたむける。大きく足を開かせ身体を反《かえ》させて、あお向けに落ち着かせた。

その結果、恥ずかしいくらいに両脚の間隔が開いている。沙良としては狭《せば》めてしまいたいところだが、それをさせてもらえないうちにまた壮が抜き挿しをはじめてしまった。

「あ……あっ、壮さ……ンッ、ァぅん……」

達したばかりの熱い蜜壺を、収まらぬ猛りで掻き混ぜられ、新たな愉悦が沸騰《ふっとう》しはじめる。

ぐちゃぐちゃ音をたてながら悦火を取りこみ、悦楽に酩酊しようとくわだてる。

「あっ、ダメ……そんな、に、したら……ンッぁ……！」

「いいよ……。次は、一緒にイこう」

「ぁ、ゥん……んっ、あぁっ！」

「俺が見えるか？」

沙良の内腿を両手で押さえ、己の熱棒を叩きこみながら、壮は艶やかに微笑む。とんでもないやらしいことをされているというのに、彼の微笑みに見惚れるしかない沙良は、揺さぶられながら何度も首を縦に振り両手を伸ばした。

「壮……さん、壮さぁ……ああんっ……！」

沙良の両手を取り、壮が上半身を重ねていく。かまってと揺れるふたつの胸のふくらみにキスをしてから、唇を重ねた。

「沙良……俺を見ながら……イって……」

「壮、さっ……あぁ、壮さ、んっ、もぅ、イ……くっ、ぅ……」

快感と喜悦で涙が溜まり視界がぼやける。それでも沙良を見つめる壮の姿だけはシッカリと見える。

　彼に見つめられながら、沙良は絶頂の奈落に堕《お》ちていくのを感じた。

「あぁ……壮さんっ、ああっ――！」

「離さない……沙良っ……」

　弾けてしまいそうに膨らんだ怒張が、媚襞に包まれて大きく震えた気がする。直後、恍惚を忘れるくらい激しくくちづけられた。

「ンッ……ハァ、ぁ、壮……さぁ……」

「沙良……、沙良、君は……俺のものだ……」

　強く抱きしめられ濃密なくちづけを受けながら、夢のようにロマンチックな言葉を聞いた気がする……。

　夢か、うつつか、わからない……。

　わかるのは、彼を離したくない蜜路がいつまでも蠕動《ぜんどう》していることと、それに応えるよう、壮が繋がったまま放してくれないこと。

　そして、快感に汗ばんだ肌が心地よくて、このまま彼に溶けこんでしまえたらいいのにと……ありえないことを考えてしまう。

「沙良……」

　やっとくちづけから解放され、壮が乱れて顔にかかっていた髪を寄せてくれた。

「今夜は、冷静に替えられそうだから……、いい？」

なんのことかわからず一瞬黙ったが、すぐに思いついてくすぐったい笑みが浮かんでしまった。

初めて抱かれた日、避妊具も替えないまま二回戦に挑んでしまいそうだと申告してくれたことを、思いだしたのだ。

あのときは、ハジメテだった沙良に無理は強いたくないと気遣ってくれた。彼の気持ちは嬉しかったが、今夜は、沙良もまだ彼を感じたいと思う。

「壮さんが、そうしたいなら……」

「沙良は？」

「……シたいです……」

聞き返されるような気はしていた。本音を小声で呟くと、今度は壮がくすぐったげに笑う。

まだ壮に抱かれて二度目だというのに、こんなことを言うのはおかしかっただろうか。そう思うと恥ずかしくなって、沙良は視線だけをそらし負け惜しみを口にする。

「壮さんって……結構エッチなんですね……」

「自分でも驚きだ。こんなに欲しくて堪らないのは初めてだ」

彼は悪びれなく答え、沙良を抱きしめる。嬉しそうにはにかんだ彼女にくちづけ、「待っていて」と言ってから身体を離した。

本当に達していたのだろうかと不安になるほどの怒張がずるりと抜けると、急に胎内が寂しくなってキューンと切なくなる。

いつの間にか薄暗くなった室内で、ぼんやりと浮かぶ壮の姿を見つめる。

この切なさは、いつか、……彼の好みではなくなったとき、現実の痛みとなって襲いかかってくるのだろうか。

そんなことを考え、沙良は少しだけ悲しくなった……。


金曜の夜から壮とともに過ごし、沙良がマンションに帰ったのは日曜日、陽も落ちた時刻だった。

壮としては、月曜の朝までずっとホテルで過ごしたかったらしい。そこから一緒に出勤すればいいと言われて、ちょっと慌ててしまった。

壮といられるのは嬉しいが、鉄壁秘書に武装するためには、やはりいつものマンションへ帰って気持ちを引き締めなくてはできないだろう。

名残惜しそうな壮にマンションの裏手までタクシーで送ってもらい、降りたのである。

平日は近くの小学校に通う子供の姿を見かける裏通りも、日曜の陽も落ちた時間帯となれば人通りは皆無に等しい。街灯も乏しく薄明るいうちは点灯しない心細い道なので、普段あまり通らないようにしている。

それでも今は、その薄暗さがちょうどいい。

メイクこそ即席でしかないが、着用しているワンピースがいつもの自分にしては上品なタイプで、ちょっと気恥ずかしい。

ノースリーブ、膝丈のベルワンピース。帰宅するとき用に、壮が用意をしてくれていた。

なんでも、ディナー用の洋服を選んだショップで、同じサイズで一式そろえてホテルへ届けてくれるよう頼んであったらしい。

用意周到である。もし沙良がホテルへ行かないと言ったらどうするつもりだったのだろう。

（いや……壮さんのことだから、絶対に上手くいく自信があったんだろうな）

考えていると、頬の筋肉がゆるみそうになる。

「気持ち悪い顔」

背後から女性の声が聞こえ、驚いた身体が大きく震える。完全に自分しかいないと思っている空間で第三者の声が聞こえてくるのは、とんでもなく心臓に悪い。

「締まりのないバカ面してるくせに、男に取り入るのだけは早いんだ？　ほんと、ムカつく女」

近くで女性同士が口論しているのかもしれないし、気づかないまでも誰かがいて通話しているのかもしれない。他に可能性はあっても、沙良にはそのひどい言葉が自分に向けて投げつけられているものだと思えてならない。

聞き覚えのある声だったのだ……。

――締まりのないバカ面！　あんたの顔を見るとイラつく。ほんと、ムカつく女！

沙良に、そんな辛辣な言葉を投げつけたのは、母の再婚先にいた娘。――湯川知佳だった。

振り返った瞬間、ものすごい力で突き飛ばされる。なにもなければそのまましろへ転倒していただろう。運がいいのか悪いのか、マンションの周囲を取り囲むネットフェンスにぶつかり転倒はまぬがれた。

それでも、勢いよくぶつかれば痛い。衝撃に耐え、眉をひそめて顔を上げる。

憎しみを顔面すべてに湛《たた》えた女の顔が視界いっぱいに飛びこんできて、思わず「ひっ！」と声が出た。

「まさか……、あんただとは思わなかった……。壮さんの、新しい秘書……」

ガシャン、と大きな音をたてて、沙良の顔の左右でフェンスを掴む。フェンス自体が古いせいか、強く掴むと錆《さび》がこすり合わされる耳障りの悪い音が間近で起こる。

「……湯川、さん……？」

目の前にある顔が信じられない。

けれど間違いない。この顔は、湯川知佳だ。

忘れるものか。忘れられるものか。どれだけの憎しみを、彼女にぶつけられたか……。

――沙良の両親は、沙良が中学生の時に離婚をしている。

母は持病があって働けないこともあり親権は父親に委ねられたが、母とは会うことを許されていた。

沙良が高校に進学するころ、母はかつての主治医と再婚した。相手には一人娘がいて、ずいぶんと母になついていたのだ。それが、知佳である。

沙良をかわいがっていた母は、再婚してからも変わらず沙良に会うことを続けていた。再婚相手も容認してくれていて、ときには一緒に会って食事をすることもあった。

とても懐《ふところ》の深い、いい男性と再婚したのだと、沙良は嬉しかった。

母の再婚相手を交えて会うことを、父は特になにも言わなかった。離婚当時から父には交際相手がいたし、このころには家に帰ってくるのもまちまちだったせいもある。

ほぼ沙良は放置状態だった。生活費や学費は口座に入れてくれるので親としての役目は果たしていたことになるだろうか。

言われたことこそないが、父にとって、おそらく沙良は邪魔な娘だった。あわよくば母の再婚先で引き取ってくれないか……そんな考えもあったのではないかと思う。

しかし、それは難しいことだったろう。大きな問題がある。再婚先の娘である二歳年上の知佳は、激しく沙良を嫌っていた……。

知佳は幼いころに母親を亡くしていて、父親があまり手をかけられないこともあって要求はなんでも聞いてやっていたことから、我が儘いっぱいに育ったという。

女王様気質で、自分が一番に君臨《くんりん》していなければ気が済まない。

幸いなのはそれが勉強面でも発揮されていたことで、彼女は高校も大学も一流と呼ばれる学校へ進んでいる。

区立中学から都立高校へと普通に進学した沙良を、知佳はずいぶんと蔑んでいた。

気に喰わなかったのだ。やっとできた優しい母親が、今でも昔の娘をかわいがっていて、父までがその子を構う。

——どうして、私が一番じゃないの……？

成績がよく、それなりに名のある大学へ進学した沙良だったが、もちろん、それよりもレベルが高い大学へ通っていた知佳には蔑まれ続けていた。

父の勧めもあって、成人式の振袖は母が選んでくれた。母は着付けができる人で、成人式当日も母が沙良の身支度をしてくれることになっていたのである。

しかし、……沙良は成人式には出席できなかった。母が選んでくれた振袖も着ることはできなかった。

成人式の二日前に母が倒れ。そのまま息を引き取ったのだ。

父に連絡がつかないまま一人で葬儀に訪れた沙良を、いち早く見つけた知佳は無下に追い返した。

当日のために母に預けていた成人式用の着物も行方不明。母の遺品を整理するときに一緒に捨てたかもしれないと、とぼけられた。

沙良が葬儀にも出られず追い返されていたことや振袖が紛失したことを湯川は知らなかったらしく、のちに知ったときは家まで赴《おもむ》いて頭を下げて謝ってくれた。

湯川は本当に優しい人だった。沙良が父親から放置状態にされている実状を知って、自分の養子に入らないかと打診してくれたこともあった。

湯川の申し出はありがたいが、そこまで甘えるわけにはいかない。

もちろん沙良は丁寧にお断りを入れていた。それでも、そんな父親の意向を知って激怒《げきど》したのが知佳だった。

二度とそんな考えは起こすなと憤怒《ふんぬ》し、母も亡くなったのにそのうえまだ沙良に関わるなら沙良を殺してやるとヒステリーを起こすようになった。

そんなこともあって、沙良は湯川家とは完全に関わりを切った。

湯川が娘の精神状態を守らなくてはならなかったのはもちろん、沙良も知佳に関わるのはいやだったし、危険だと感じたのである。

その後、やっと父親と連絡がついたが、最悪の事態が待っていた。

父親が勤めていた会社をリストラされ、交際相手との生活のために沙良の学費や積み立てていた保険などを解約し使いこんでいたのだ。

責められると思ったのだろう。父親は高圧的な態度をとって沙良を突き放した。

『二十歳になるまで面倒見てやったんだ！　あとは自分でなんとかしろ！』

……ずっと放置状態だった娘にかけた、父親の最後の言葉だった。

関わりを切りたい人物が、もう一人増えただけ。

沙良は父と縁を切り、古いアパートに引っ越したのだ。

大学を中退し、派遣会社に登録してすぐに働きはじめた。

湯川家とは完全に関わりが切れたと思っていたが、一度だけ、おかしな疑いをかけられたことがある。

母の三回忌のあと、遺骨《いこつ》泥棒の疑いをかけられて警察に事情を聞かれたことがある。

一回忌も三回忌も、法事などに出席できるはずはない。沙良ができるせめてものことは、部屋に置いている母の写真に手を合わせることだけ。

三回忌の際、納骨堂に真新しい花が供えてあって、遺骨箱が動かされた形跡があったらしい。

それを見て知佳が騒いだらしいのだ。

――あの女が、遺骨を盗もうとしたんだ！

疑いはすぐに晴れたが、遺骨泥棒の疑いをかけられてしまうほど憎まれている事実が、情けなくて憐れで、涙も出ない。

もう本当に知佳には関わりたくない。心からそう思った。

それなのに……。

関わりたくないと願った人物が、目の前にいる。

噛《か》み殺《ころ》さんばかりの形相で、沙良を見ている。

「どこに行っていたの……。まさか、壮さんと一緒だったんじゃないでしょうね……」

なぜ彼女が壮を知っているのだろう。

こんなにも怒りを溜めているということは、もしや彼女もイベントなどで壮に会い、惹かれたうちの一人なのだろうか。

「馬鹿お嬢が、今の秘書は意地悪だ意地悪だって騒ぐから、どんな奴《やつ》なのか聞いたら女だっていうし、バッグに突っこんであったぐちゃぐちゃの名刺を見せてもらったら……あんたの名前で……。びっくりしたなんてもんじゃない……」

「名刺……」

取引先や挨拶の際、必要とあらば名刺は渡す。バッグの中でぐちゃぐちゃにした名刺を持っていたお嬢様、それも沙良を「意地悪だ」と罵《ののし》る人物の心当たりは、一人しかない。

「どうして、彼女を知って……」

「今すぐ秘書を辞めなさい。私の壮さんに近づくな」

知佳は沙良の質問を聞いてはいない。答える気もないだろう。沙良を噛み殺さんばかりに歯茎をむき出し、大きく開いた眼《まなこ》は血走っている。

「あの人は私だけのものなの……。あの人は女をそばに置かない人だから、私だけがずっと見守っているの。ずっと、ずっと……。だから、そばに近寄る女なんて許さない。それがあんただなんて……サイアク……」

狂気に満ちた顔を近づけ、沙良を見下して威嚇する。いやでも見えてしまう怨色《えんしょく》あらわな顔から目をそらし、沙良は彼女から離れようと、身をかがめて両側をふさぐ腕をくぐり抜けようとした。

しかしその瞬間、髪の毛を鷲掴みにされ、引き戻されたのである。

「っ……！」

「話も聞けないの……？　これだから低能バカ女は」

沙良を蔑んで小さく笑う声は「ヒュヒュヒュ」とおかしな音をたてる。まるでおとぎ話に出てくる魔女のようだ。昔から蔑まれてはいたが、ここまでではなかった気がする。

「放してください……。今さらなんの用ですか。これは、立派な暴力で……」

「人を犯罪者扱いすんじゃないよ！　泥棒がぁ！　厚かましいんだよ！」

「泥棒って……」

「パパに取り入ってお金を出させるつもりだったくせに！　おまけに遺骨を盗もうとして！　どうして逮捕されなかったんだろう！　こんな女、生きていたってなんの役にもたちゃしないのに！」

「取り入るなんて……。だいいち、あれは同情して言ってくれただけで、わたしからお願いし

たわけでもないし……」

「同情をひいて取り入るつもりだったんじゃない！　この泥棒！　私からパパとママを取り上げて、おまけに壮さんまで……。どこまで汚いのよ、あんたは！　あんたが秘書になってあの人にくっついてるなんて、認めない！　誰だろうと認めない！　壮さんのそばにいてもいい女の秘書は私だけでいいの！」

「秘書……」

少しずつ、話が見えてくる。もしや、以前、壮の秘書を務めていてストーカー化し傷害事件を起こしたというのは……。

「とにかく、すぐに秘書を辞めて壮さんから離れなさいよ。さもないと……」

「……なんですか……。〝また〟傷害事件でも起こすんですか」

確証を得るためにカマをかけたつもりだった。彼女がストーカー化した秘書ではないのなら、おかしなことを言うなと怒るだろう。

しかし知佳は、ご希望どおりとばかりに沙良の首に両手をかけたのである。

「起こしてあげる……喜んで。……それで、壮さんに近づく女がいなくなるなら」

——狂ってる……。

背筋に氷柱《つらら》を挿しこまれたような寒気に襲われる。

昔以上に言動がおかしい。明らかに、彼女の内側には常軌を逸した狂気が巣くっている。

壮に対するどうにもならない恋着《れんちゃく》の情が、狂気じみた執着を生んでいるのだ。

知佳の手に力は入っていない。苦しくはないが、別の意味で胸が苦しくて呼吸がままならなかった。

「……すぐに、あの人の前から消えて……。すぐよ……。じゃなかったら、……あんたが欲しがってたママの遺骨、ゴミと一緒に捨ててやる……」

「なに言って……、そんなことできるわけ……」

「あそこにはママしか入っていない……。ママは、私を一番にしてくれなかった……。そんな人、もういい。あんな場所、いらない」

なんてことを言うんだろう。

確かに母は、再婚後も沙良と会っていたし、変わらずかわいがってくれた。

でもだからといって、再婚相手の娘である知佳をないがしろにしていたわけでも嫌っていたわけでもない。

明るくてよく懐いてくれるいい子だと、母が言っていたのを覚えている。

沙良と会う予定の日に知佳が風邪をひいて、ひどいものではないが様子を見ていてあげたいからとキャンセルになったこともある。

知佳は沙良に盗られた、母が沙良ばかりをかわいがっていた、自分を愛してくれなかった、そんな言いかたをするが決してそうではなかった。

なんにしろ、遺骨を捨ててやるなんて、脅しとしても口に出していいことではない。

「そんなこと……」

沙良が口を開いたときだった。

知佳がなにかに気づいたらしく、鋭い目で左右を見回す。

「……パトカー……」

「え？」

耳を澄ますと、確かにパトカーらしき音が聞こえる。ごく小さな音で、言われるまで気がつかなかった。

しかしその音が耳に入りはじめてから、知佳の様子が落ち着かない。不必要にキョロキョロと周囲を見回し、狂気に満ちていた顔に怯懦《きょうだ》な影が見え隠れする。

挙動不審のまま沙良から手を離し、知佳は勢いよく逃げ出した。

もしかしたら、知佳の金切り声を聞いて周辺住民の誰かが通報したのかもしれないと感じたが、パトカーの音はそのまま遠ざかり聞こえなくなった。

ともあれ、助かったことに胸をなでおろす。

押しつけられた背中や、髪を掴まれたせいで頭が痛い。

……それ以上に、心が痛かった……。

知佳が壮のストーカーで傷害事件を起こした当人なら、なんらかの法的な処分を受けてはいるのだろう。

警察の世話になったのがいやな思い出として心に残っているなら、パトカーの音に敏感になっている精神状態なのも理解はできる。

壮に近づく女を牽制しているということは、何メートル以内には近づいてはいけない、というようなストーカー事件でよく聞く処分を受けているのかもしれないが……。

それ以外には特にないのだろうか。傷害も起こしているというのなら、もしかして執行猶予《しっこうゆうよ》がついた処罰を受けている可能性もあるが……。

もしそうなら、沙良に暴力をふるったのはまずいのでは。それとも沙良にならなにをしても大丈夫だと思ってしまっているのか。

彼女の行動は非常に危険だ。知佳と関係のある人間だと知られるのは気まずい気もするが、沙良はこのことを壮に相談しようと決めた。

仕事前に相談があると壮のスマホにメッセージを入れると、すぐに返事が返ってきた。一時間前に出社するとのこと。

そのあとに、どうせならこれから会いに行く。ときたので、金曜の夜から寝不足なので寝かせてください、と返しておいた。

ちょっと照れるやり取りに気持ちがやわらぐ。しかし、根本的な不安は消えない。

壮の秘書を辞めろ。近づくなと牽制されたことが、気になって仕方がないのだ。

相談しても、そんなことは気にするなと言われるかもしれないが、あの剣幕《けんまく》を目の前で見た身としては、このまま放っておいていいものではないと思う。


――月曜の朝。

沙良は約束どおり、一時間前に出社した。

いつも早めの出社をするのに、それより早い。会社の敷地のみならず、オフィス街の人影もまばらだ。

執務室で壮を待つことになるだろうかと思っていたところ、ビルの敷地内に入ったとたん正面入口に壮が立っているのが見えた。

その瞬間、猛然とダッシュする。人がいない状態でよかった。鉄壁秘書の猛ダッシュなどを見られた日には、さぞかし一日の話題をさらうことだろう。

「おはようございます……ＣＥＯっ！」

「やあ、森城君、おはよう」

そんな沙良を見て、壮は相変わらず秀麗な顔《かんばせ》を爽やかに微笑ませる。

彼に惹かれてしまった今だから実感できることだが、こんな顔で微笑まれて平常心でいられるものか。

しかし、今の沙良は鉄壁秘書だ。

二人きりなら少しは砕けても……と甘い考えも浮かぶが、壮の横には早朝勤務の男性警備員がいて「おはようございます！」と元気な挨拶をしてくる。

「おはようございます。お疲れ様です」

キリッとした顔を作ったつもりだったが、ダッシュの余韻か壮の微笑みを直撃で受けてしまったせいか、少々締まりのない顔になっている気もする。

秘書ダッシュを唯一目撃した警備員は、笑いをこらえているようにも感じた。おそらく引継ぎの際、一番の話題にされるに違いない。

「お早かったですね。すみません、お待たせしてしまって」

「君からのご指定だと思うと、張り切ってしまった。三十分前からここでソワソワして待っていたよ」

「さ……三十分……」

いつもより一時間早いうえに、さらに三十分。早すぎだ。早朝出勤並ではないか。

「すみません、そんなに……」

沙良のせいではないのだが、つい謝ってしまう。クスリと笑った壮が顔を近づけた。

「早く沙良に会いたかったから」

「あっ……ぁのっ……」

こんな所でその態度はマズイ。そばには警備員が立っているのに……。と思ったが、警備員はビル周辺を見回っていた同僚に呼ばれてエントランスの中へ入っていた。

「なんの話なんだろう？　今夜のお誘い？」

「壮さんっ」

つい名前を呼んでしまい、ハッと両手で口をふさぐ。

気のゆるんだ沙良を見られたのが嬉しいらしく、壮はクスクス笑っている。恥ずかしげに顔を向けると、にこりと微笑んでくれた。

「行こうか。執務室でいいかな？」

「はい、充分です」

壮が沙良の背に手を添え、ビルの中へうながそうとする。――そのときだった……。

「近づくなって言ったでしょぉぉぉっ！」

記憶に新しい金切り声が響き渡り、咄嗟に顔が動いた。

沙良の目に、髪を振り乱して突進してくる……知佳の姿が映る。

「よけろ！」

壮の叫び声とともに腕を引かれ、彼の陰に隠される。しかしそのとたん、沙良にぶつかりかかっていた知佳は壮の懐に飛びこんだのだ。

……ザブッ……っと、布が裂けるような、それにしてはどこか生々しい音が聞こえた気がする。

腕を掴む壮の手に力がこもったのを感じて、沙良は彼に目を向け……息を呑んだ。

眉を寄せた壮は、知佳を見ている。

彼女は壮を見ながら……泣いていた。――両手で持った、刃物らしき物を彼の身に突きたてたまま……。

「……そうさん……、いっしょにしのう……？　そうしたら、ずっと、わたしのものに……」

「ＣＥＯ‼」

「その女だ！　取り押さえろ！」

警備員二人が走り出す。

知佳が床に押さえつけられた反動で刃物が床に落ちる。同時に鮮血がこぼれ、運悪く居合わせてしまった女性社員の悲鳴が、エントランスに響き渡った――。

どうやら知佳は、壮が出社してくるのを狙って会社の周囲を徘徊《はいかい》していたらしい。

半年前の傷害事件を知っている警備員が知佳らしき姿を見かけ、まさかとは思うがもしかしたら、という話をしていたところに……事件が起こった。

知佳は、沙良ではなく、最初から壮を標的にしていたのだ。

彼を殺して自分も……。そんな気持ちだったらしい。

そこまで彼女の感情は追い詰められていたのかと驚怖《きょうふ》するばかりだが、昨夜、壮に近づくなと沙良を脅した知佳を思えば、起こる可能性はあった事件かもしれない。

あのあと、すぐに警察と救急車が呼ばれた。

壮に付き添って病院まで行きたかったが、沙良には今日の仕事を調整する大切な役目がある。

本人は倒れたわけでもなく意識も保っていたが、かなりの出血があるように見えたので、しばらく入院になるだろう。

それも踏まえて数日分、いや、週単位での調整が必要かもしれない。

現場を目撃した社員は数人いたが、大騒ぎにはならなかった。壮本人が、目撃した社員たちに向かって「大丈夫だ。心配ない」と笑ってみせたからだ。

おかけで「CEOが、ちょっと怪我をして病院に行った」くらいの噂で収まっていた。

騒ぎにならないのならそれに越したことはない。とにかく沙良は、自分の役目を果たすべく仕事に集中するしかないのだ――。

「お疲れ様、ご飯食べたの？」

パソコンのキーボードの上に白い紙袋が置かれ、頭が現実に引き戻される。一瞬なにが起こったのかとぼんやりしたが、目の前にグラデーションが綺麗なロングヘアと中性的な美人が現れ、完全に我に返った。

ってしまった。

「さーらちゃん、生きてる？」

沙良を覗きこんだハルが、笑いながら手を振る。あまりの驚きに、沙良は勢いよく立ち上がってしまった。

「はっ……ハルさんっ！」

しかし、立ち上がった瞬間、世界が回る。

足元がぐらっとしたあと、ハルに抱き支えられた。

「ほらぁ、眩暈起こしてるじゃない。かわいそうに。飲まず食わずで仕事してたんでしょう？何時だと思ってんの、もうすぐ三時よ？」

「さんじ……」

病院へ行く壮を見送ってから、COOや他の役員に連絡をとり、ずっとスケジュール調整と自分の仕事、代行できる壮の仕事に目をとおしていた。

必死だったのもあるが時間なんか気にしていなかったし、する間もなかった。

壮の仕事用パソコンを使う必要があったため、ずっと彼の執務室で仕事をしていたのだ。集中できるぶん便利ではあったが、ハルがこなかったら倒れていたかもしれない。

「大変だったね沙良ちゃん、大丈夫？」

相変わらず沙良を抱き支えたまま、ハルがポンポンと彼女の頭を叩く。こんなときではあるが、本日の彼は薄手のカットソーにジーンズといういでたちなので、こうして密着していると

──ああ、男の人なんだなぁ……というのがわかる。

「気に病んじゃ駄目よ？　あなたは悪くないの。非は壮君にあるんだから」

「そんなことはありません、ＣＥＯは……って、ハルさん、どなたからお聞きに……。それに、どうしてここに……」

口に出すと疑問が一気に湧いてきた。役員には壮の件を連絡したが、友人関係には連絡していない。それとも、誰かから又聞きしたのだろうか。

それに、ハルが訪ねてきたとの連絡は受け取っていない。社員に客人でも、インフォメーションセンターをとおすのが決まりだ。

「壮君のおかあさーん。アタシ、壮君の母上様と仲良しなのっ。ここに顔パスで通してくれたのもお母様」

「ＣＥＯの……？」

壮の母親は、とても息子想いだと聞いている。もしかしたら、壮を元気づける力になればと友人関係に話をしたのかもしれない。

「……ＣＥＯのお母様……、来社されているんですか？」

驚きのあまり頭に血がめぐったか、やっと意識も思考もハッキリしてくる。

両手でハルのカットソーの裾を掴んで顔を向けると、きゃろん、と本当に男とは思えないくらいかわいい顔をされた。

「いっつもいるじゃなーい。沙良ちゃんも会ったことあるでしょう?」

「……いいえ……お会いしたことは……」

ない。……はずだ。

それとも役員会議かなにかで会っているのだろうか。いやでも、直接挨拶をした覚えはない。

(どうしよう……わたし、クビになるんじゃ……)

大事な息子のそばにいながら、守れなかった秘書。秘書ならばボスの危機には身を挺《てい》して庇いなさいと、叱責を受けるのでは……。

しかしあの状況では、庇うこともなにもできなかった……。

「あー、でも、アレだわね、こんな姿を壮君に見られたら、アタシここの窓から突き落とされるね」

沙良をキュッキュと抱きしめ頭を撫でながら、ハルは駄目押しに頬擦りをする。

パーティーで壮が沙良を抱きかかえて退場したのを知っているだけに、「そんなことないですよ」と言えないのが照れくさい。

おそらく、いや絶対、二人の関係に気づいていると思うのだ。

「ところでハルさん、……どうしてここに?」

軽くハルの胸を押すと、思ったより簡単に放してくれた。彼はにっこり笑って、沙良の作業を中断させるべくキーボードの上に置いた紙袋を掲げる。

「差し入れ。どうせなにも食べないで必死に仕事してるんだろうなと思って。ここのフルーツサンド、美味しいのよ～。アイスコーヒー付き。タンブラーにたっぷり作ってもらったから、ごっくごく飲んで潤ってちょーだいっ」

「ありがとうございます。気を遣わせてしまって……」

「そんなこといいよぉ。で、それ食べたら、――行くよ？」

「どこにですか？」

咄嗟に病院かと思う。壮の治療も終わっているだろう。もし会えるのなら会いたい。

それなら、とりあえず手をつけている最中の仕事だけでも早々に終わらせて……。

逸る気持ちを抑えられずソワソワしだした沙良に、ハルは不思議な質問を切り出した。

「ところで沙良ちゃん、パスポートは持ってる？」

「はぃ？　パスポート、ですか？」

いきなりの質問だが、ハルはニコニコしながら返事を待っているので、不思議に思いながらも答える。

「仕事で使う機会があったので……。一応持っています」

「どこに置いてるの？」

「自宅マンションのほうに……」

なぜこんなことを聞かれるのだろう。疑問に思うあまり声が小さくなっていく沙良を意に介さず、ハルはサンドイッチの紙袋を持つと沙良の片腕をとった。

「よし、取りに行こう。ついでに貴重品もまとめなくちゃね。だいたいのものは向こうにそろってるから、あとは着替えを少しかな」

「あの……いったいそれはどういうことですか……」

話の流れから考えるに、まるで沙良が海外にでも行くと言わんばかりだ。

するとハルはジーンズのポケットに差しこんであったらしい紙を取り出し、片手でパラリと広げた。

「はい、辞令《じれい》。沙良ちゃんは、しばらくロサンゼルスにあるアタシの会社に出向《しゅっこう》」

「はぁっ⁉」

わけがわかりませんと言わんばかりの素《す》っ頓狂《とんきょう》な声が出てしまい、ハルに噴き出される。

「やだ、沙良ちゃん、面白いっ、ってか、かわいいっ！　そんなに驚かなくても！」

「お、驚きますよ、そんなっ……！」

ハルが持っている辞令を片手で奪い取り、沙良は顔を近づけて凝視する。

間違いなく沙良に対して出された辞令だ。ハルの冗談でもなんでもない。それも、いつまでという期限が書かれていない。

「あの……これって、いつ出されたもので……」

「今日、ついさっき。壮君のお母様が決裁《けっさい》してくださったものだけど」

「CEOの……お母様が……」

血の気が引く。

やっぱりそうだ。おそらく、壮の母親は沙良に対して不信感を募らせているのだろう。

ボスを守れない秘書などいらない。そばに置く必要はない。

クビにされないだけ、ありがたいと思わなくてはいけないのだろうか……。

ハルの会社。それもロサンゼルスに出向ということは、会いたくても壮には会えなくなるということだ。

一気に沈みこんだ沙良から手を離し、ハルは下がった肩をポンッと叩く。

「沙良ちゃん、しばらく、壮君から離れよう？」

ハルの声が、重く男性みを帯びた声になる。視線を上げると、壮にも負けない凛々しい美丈夫が沙良を見つめていた。

「……半年前、湯川知佳は壮君のお母さんに刃物を向けた。軽いものではあったけれど勘違いの嫉妬で怪我を負わせた。……壮君は、この件に関して警察沙汰を避け、訴えも起こしていない。どうしてだかわかる？」

「いいえ……」

だいたい、知佳が法的に罰せられていないということも知らなかった。

たとえ軽くても自分の母親が怪我をさせられたというのに、壮はなぜ警察や法的な措置《そち》を取らなかったのだろう。

「湯川知佳の父親が、土下座をして謝罪したから。父親は大学病院でも上の地位にいる人で、自分の立場を考えても娘が警察沙汰になるのは都合が悪い。そしてなんといっても、娘を前科持ちの犯罪者にはしたくない、って」

話を聞くだけで、湯川がどんな面持ちで土下座をしたのかが想像できる。

一人娘を大事に大事に育てた父親。甘やかすから我が儘になると他人に言われようが、それが父親としての彼にできる、最大限の愛しかただった。

「壮君は子どものころから犯罪に巻きこまれやすい人で、まぁ、原因は彼の身分と容姿なんだけど。……それで、何人もの女の人が本当に犯罪者になってしまったり、取り返しのつかない邪な心に憑りつかれてしまったり……。壮君は、自分が原因で誰かを犯罪者にするのがいやなの。つらいんだと思う。心がちぎれそうなほど……痛くなるんだと思う。……彼は、優しすぎる人だから……」

壮がつらいという話をしているのに、それを口にするハルのほうがつらそうだ。

彼もまたつらいのだ。自分の友人が心を痛めるのを間近で見ているぶん。

壮が優しいというのは沙良にもわかる。そんな人が、自分の存在が原因で誰かが罪を犯してしまうことに耐えられるはずがない。

「湯川知佳の例を見てもわかるけれど、誰かが犯罪者になれば、その周囲も巻きこまれる。親、兄弟、親族、ときには友人が、犯罪を犯した当事者と同じくらいの非難を浴びる。見えないところにあるそんな事実が、彼にはさらに耐えられない。それだから、訴えを起こせない。……でもね……」

紙袋を沙良に持たせ、ハルは彼女の両肩に手を置き真剣な眼差しを向ける。

「罪を償わせるっていうのも、大切なこと。壮君自身が傷害事件の当事者になった今、彼は湯川知佳に対して罪を償わせなくちゃいけない。そのためには、沙良ちゃん、あなたがそばにいてはいけない。わかる?」

……胸が痛かった。

涙が出そうなほど、苦しかった。

ハルが言いたいことが、申し訳ないほどわかる。

彼は壮が優しいというけれど、ハルだってそれに負けないくらい優しい。

そうじゃなければ、こんなに事細かに説明はせず、一言で沙良を威嚇していたはずだ。

――壮に決断させるためには、沙良が邪魔なんだ、と。

これだけのことを話してくれるのなら、壮はもちろんハルも、知佳と沙良の繋がりを知っているのだろう。

壮の母親も、それを知ったからこそ、沙良を壮のそばには置けないと思ったのかもしれない。

知佳となんらかの関係がある沙良がそばにいれば、沙良が心を痛めるのではないかと考え、壮はまた決断ができなくなる。

それだから、離れるべきなのだと……。

「ハルさん……、わたしがいなければ、壮さんは……」

「誤解だけはしないで、沙良ちゃん。壮君は、決して弱い人間じゃない。優しいと不甲斐ないはイコールではない。優しい人間でいることができるのは、精神的に強いから。他人を赦《ゆる》して自分が傷を背負える強さを持っているから。でも、罪というものを償わせなくてはならないとき、その強さは邪魔になる。……今、その強さを捨てさせるためには……」

「わたしがそばにいては……いけないんですね……」

納得した言葉を口にした途端、涙腺が決壊《けっかい》した。

＊＊＊＊

(――とんでもない話だ)

騒動から一夜明けた、火曜日の午前。

壮はウォルシュライン社のビルではなく、その倍の階数を持つビルのエレベーター内にいた。

（どういうつもりだ。いくらあの人でも……許されることじゃない）

彼は非常に苛立っていた。こんな苛立ちを覚えるのは何年ぶりだろう。いや、この手の苛立ちは初めてかもしれない。

パーティーでハルに沙良を独占されたときも苛立ちはしたが、あれは嫉妬からくるものだった。

今回は、明らかに怒りからくるものだ。

最上階に到着した壮は、そこで待ち構えていた礼儀正しい秘書に案内をされ、重厚なドアの前に立つ。ノックをしたあと、勢いよくドアを開けた。

「失礼いたします、片桐相談役。お電話でご連絡を差し上げておりました、ウォルシュライン社の桐ケ谷です」

壮は、勢いもそのまま室内を進んでいく。

「お察しのことと思いますが、私の秘書の件です。ハル氏に命じて、私の秘書を勝手にロスへ連れ去りましたね。これは誘拐ですよ」

大きなデスクの前で立ち止まり、そこに座りおだやかな微笑みを湛える人を見据える。

おだやかであるのに、こうしてこの席に座っているととんでもない威圧感をかもし出す。

世界的規模のプラットホーム、イン・スペースの創始者、片桐雄大である。

「あまり気を荒立てては、傷口が開きますよ？　壮君」

雄大はゆっくりと立ち上がる。今日の彼はスーツ姿。存在感がまた一層大きく見え、背後の窓から入る光が、まるで後光のように感じる。

「まだ病院にいなくてはいけないのではないですか？　深い傷ではなかったとはいえ、もう少し自分を大切になさい。おまけに誘拐などと人聞きの悪い。あれは貴方のご母堂様が決裁くださったものです」

「その決裁をもちかけたのは貴方でしょう。秘書が……誘拐同然に連れ去られて……、黙っていられるわけがない……」

「秘書？　貴方が？　たかだか〝秘書〟のために？　傷を負った身を動かしたのですか？」

雄大の口ぶりは意味深すぎる。眉をひそめた壮は、すぐに諦めの息を吐き訂正した。

「……大切な女性、です」

「よろしい」

にこりと微笑み、雄大は言葉を紡《つむ》ぐ。

「貴方が本音を見せてくれるのなら、私も本音でお話をしましょう」

顔だけ見ていればとてもいい話をしてくれそうだが、想像する限り決してそうではないのだろう。

いい話ではないと思えるのは、知らず伝う冷や汗を、背筋に感じたからだ。

（――喰えない御仁《ごじん》だ……）

ひたいに浮かぶ汗を思いながら、壮は雄大を見据える。

「ときに壮君、貴方は、湯川知佳を今度こそ訴えますか？　半年ほど前、ご母堂様に切りかかったときは、彼女のストーカー行為に対する厳重注意と半径二百メートル以内の接近に対する厳禁令、それらを守ることへの念書だけで終わらせてしまった。今回は、貴方との心中を図ろうとしたのですよ？」

「訴えても、彼女は精神を病んでいる様子が見られる。……国選弁護人がつくでしょうが、その点を強調するでしょう。私はこの程度の傷で済みましたし、今回は……」

「わかりました。もう結構。貴方に沙良さんを戻す気はありません」

「なっ……！」

まだ話の途中だ。いきなり出された決裁に、壮は思わず一歩前へ出る。

「壮君、湯川知佳に、己が罪を償う機会を与えなさい。自分がしたことを罪という形で認識させなければ、彼女は自分の重罪に気づけない」

「しかし彼女は……」

「あなたとの心中をくわだてたのは、嫉妬に狂った女の最後の手段です。本当に病んでいたのなら、人知れず貴方を殺して、その骸《むくろ》を自分だけのものにするでしょう」

雄大はデスクを回り、壮と対峙《たいじ》する。

「先日のパーティーのあと、彼女がホテルのラウンジにいました。僕は、壮君に会いたくてここで待っているのかと思い、諦めの悪い彼女を責めた。彼女はパーティーで騒ぎを起こしたご令嬢にいらないアドバイスをして小賢しい悪戯をしたようですが、そろそろ本当に潮時《しおどき》なのだと諦めの気持ちも生まれはじめていたのですよ。しかし、新しい秘書として貴方のそばにいるのが沙良さんだと知り、気に喰わなくて彼女を脅したそうです。……あっ、これは、警察の聴取が終わったあとで彼女に会わせていただいて、直接聞いたのですけどね」

雄大は壮の顔をジッと見ると、納得したとばかりに数回うなずく。

「壮君は、本当にいい表情をするようになった。愛しむ人を持っている心の余裕が作る、素敵な表情です。……そのことに、湯川知佳も気づいてしまった」

知佳が語ったという話を、雄大は壮の表情を観察しながら話してくれた。

知佳は、もう諦めかけていたのだ。

どうやっても壮は手に入らないし、自分を見てくれることはないだろう。

令嬢をけしかけて失敗させても、優越感や達成感よりも、虚しさしかない。

しかし気になって聞いた壮の新しい秘書が沙良だと知り、憎しみにも似た感情が湧き上がった。

——あの女は、私が好きな、なにもかもを奪っていく……。

沙良を脅し、本当に壮に会わないか確かめようと会社の周辺で待ち伏せをした。

会社へ入っていく沙良を見て、怒りが湧き上がる。——しかし……。

沙良を待っていた壮を目にして、怒りは悲しみにすり替わった。

壮が、見たこともないくらいおだやかで、愛しさに満ちた笑顔を沙良に向けていたからだ。

直感が騒ぐ。

……もう駄目だ。

壮は沙良に心を奪われている。どう頑張ったって、自分のものにはならない。

突発的な行動だったのだ。

知佳の精神は錯乱し、嫉妬でがんじがらめになる。沙良を脅すために持っていた刃物を持って突進し、最初は沙良に向けていた。――きっと、壮が庇うだろうことを前提に……。

本当に刺し殺したかったのは壮のほう。彼を刺して、自分も……。そうすれば……。

――彼はずっと、私のもの……。

「何度も言いますが、あれは、嫉妬に駆られた女の衝動的な行動です。精神疾患云々《うんぬん》ではない」

「しかし……」

苦しげに眉を寄せる壮は、ここまで聞いてもまだ決めかねている。彼の肩をポンッと叩いてから、雄大はゆっくりと窓辺へ歩を進めた。

「壮君、貴方は優しすぎるんです。人を犯罪者にしたくない、その気持ちはわかります。貴方は、幼いころから自分が原因で女性が犯罪者になっていくのを見ている。人というものが奈落に堕ちていくのを、望まずとも見てしまっている。自分をきっかけにさせないためには、無関心になって必要以上に女性には関わらないことと悟り、なにを言われようとどんな噂を流されようと無関心を貫いていた。……そんな貴方の心を、まず〝興味〟という形で動かしたのは、沙良さんだ……」

壮は思いだす。あの面接の日、自分というものを隠そうとする沙良に興味が湧いた。……なぜだ。

――自分に、似ていたからだ。

恨まれようと、女たらしと言われようと、誰も傷つけたくない誰にも傷ついてほしくない、どうか邪心に囚われることがないようにと……。

優しくおだやかな自分の内面を隠して、怜悧《れいり》で完璧なＣＥＯであり続けた。

沙良もまた、鉄壁秘書であり続けようとした。

お互いの内面を垣間見たとき、その内に秘めた本質が肺腑《はいふ》をえぐられ、求めあった……。

「運命だとは、思いませんか」

いつの間にか下がっていた視線を上げる。窓辺に立った雄大は、広がるスカイラインを見ながら言葉を続けた。

「自分を変えてくれる、共に呼吸を合わせてくれるパートナーに出会えるのは、素晴らしい縁です。その縁を、決してないがしろにしてはいけない。壮君は、やっと、自分自身としての呼吸をさせてくれるパートナーに出会ったのではありませんか？」

雄大がチラリと肩越しに振り返る。

誰もが認める聖人君子《せいじんくんし》。ときおり見せる狡猾さを含んだ笑みが、壮を急かしているようにも見えた。

「それがわからないうちは、沙良さんを貴方のもとには戻せない」

＊＊＊＊

狐《きつね》につままれた気分。まさにそれ。

ウォルシュラインで仕事をしていて、ハルと話をして会社を連れ出され、その数時間後……。

沙良は、ロサンゼルスのハルのオフィスにいたのである。

移動に使われたのは、ただの飛行機ではない。

ハルが知人から借りたという、プライベートジェットである。

まさか、生きているうちにそんな御大層《ごたいそう》なものに乗る機会に恵まれようとは……。

出向にしても急すぎていろいろと不安はあるが、壮が不在のあいだは壮の母親がＣＥＯ代行を務めてくれるらしい。

会社のほうは安心だとしても、……これは、イレギュラーすぎないか……。

一番気がかりなのは壮の怪我の具合だったが、そんなに深いものではなく、本人はいたって元気だということでホッとした。

しばらくは傷の治療を第一に、仕事を制限していくのだという。

「恨まれる言いかたかもしれないけど、沙良ちゃんはしばらく壮君のそばにいないほうがいい。逮捕された元秘書は、間接的にでも沙良ちゃんと繋がりがあるってわかってしまっているし、これから法的にいろいろあれば、……気まずいこともあるかもしれないから……」

会社で話をしているときは泣き崩れてしまったが、ハルが言うのも、もっともだ。

おまけに知佳は沙良を憎んでいて、そんな嫌いな女に好きな人を取られたと追いつめられての犯行なのだ。

沙良の存在がなければ、沙良が壮に惹かれていなければ……壮は、刺されることもなかった。

今は彼から離れたほうがいい。もしかしたら、この先ずっと離れることになるかもしれなくても……。

「おつかれー、沙良ちゃん、明日のスタジオ入り、どうなってる?」

オフィス中央の大きなミーティングテーブルで女性チーフと打ち合わせ中、ハルが二人のあいだに顔を割りこませてくる。

「ハルさーん、いきなり顔つっこまないでぇ。いきなり美人さんが見えたら見惚れて仕事にならないからー」

チーフがケラケラ笑うと、オフィス内で聞いていたスタッフも笑いだす。

「あら、見惚れていいのよ？　ごめんね、急に顔出しちゃって。ちょっと急いで確認したかったの」

「いいですよ、こっちはもう終わったし。ねっ、サラ」

「はい」

ニコリと笑って手元の資料をそろえる。チーフも笑って、沙良の頬を手のひらでスルッと撫でた。

「サラの笑顔はホントにかわいいねぇ。いやされるよ～」

軽く手を上げ、チーフはテーブルを離れる。撫でられた頬に指先をあてて、沙良は照れくさくなる自分に耐えた。

ハルは、ロスにスタジオやホールを併設したビルやモデルクラブを持っている。沙良が配属されたのはビルの管理部門だが、ほぼ日系のスタッフで固められていた。

日常的な英会話は問題ないし、仕事中は日本語も使える。仕事も充実していて特に不満はない。

　なにより気を揉まなくていいのは、ここでは誰も沙良の柔らかい雰囲気を揶揄しないということだった。

　ハルのもとで働くようになってから、沙良は一切の武装をしない。なんの準備もなく連れてこられてしまったというのもあるが、ここには、国籍の問題をかかえていたり育ちの問題を持っていたり、いろいろな境遇の人が自分らしく一生懸命に生きていて、自分を隠す必要などまったくなかったのである。

　連れてこられて三週間。沙良は、家具一式がそろったアパートメントで生活をさせてもらっている。

　壮からの連絡は、ない。

　つらいことだが、それも仕方がないのかなと思う。事件を起こした人間と繋がりのある沙良を、そばに置いておきたくはないだろう。

「ところで、沙良ちゃん、どう?」

「あ、はい、……あ、スタジオの入りですね。時間的にもすべて埋まっていて……」

「そうじゃなくてさ、こっちでの仕事は、どう?」

　話しかけられたときの質問に答えたのだが、ハルは笑って別の質問をしてくる。一瞬キョトンとして、すぐに笑顔で答えた。

「最高です。ずっといたいくらい」

「うれしーいっ。アタシもずっといてもらいたいわぁ。沙良ちゃんのマネジメント、最高なんだもん。SIer出身の人材って、貴重よね～」

「一ヶ月しかいませんでしたけど……」

一ヶ月……。そう、一ヶ月だ。

採用され、鉄壁秘書を定着させ、壮の信頼をもらい、パーティーがきっかけで彼の隠れた本質を知って……。

彼に惹かれ、心も身体も埋め尽くされた。

たくさんのことを経験した、濃すぎる一ヶ月。

「あの……ハルさん」

「なあに？」

「……わたしを……、このままずっとここで働かせて……」

「それは許可できないな」

割りこんできた凛と響く声に、沙良の言葉も動きも止まる。

とても聞き覚えのある声だ。

だが、彼がここにいるはずがない……。

「ずっとハル氏のもとで働きたいなど、許可はできない。できるはずがないだろう」

近づいてくる靴音。まさかと思いつつも心は期待に揺れる。靴音がそばで止まると同時に、沙良は顔を向けた。

「――君は、秘書であり、俺の大切な女性だ。……俺のそばにいなくてはならない人だ」

そこに立っていたのは、予想どおりの人。

憎らしいくらいのスタイルで三つ揃えのスーツを着こなす、見た目も雰囲気もパーフェクトな美丈夫。

「壮……さん?」

なぜ彼が、ここにいるのだろう……。

壮はふっと表情をなごませると、沙良の頬を撫でる。

「ああ、いいな。とてもかわいらしい。会社に戻っても、このままでいい。もう武装は必要ない」

「どうして、ここに……」

オフィスはいきなりの賓客《ひんきゃく》に静まりかえっていた。壮の姿を見てひかえめな歓声は上がっていたが、なにかが起こりそうな雰囲気を察して誰もがこの状況に注目している。

ハルでさえ口出しをしない。腕を組んで、黙って二人を見ていた。

「迎えにきたよ、沙良。一緒に日本へ戻ろう。いや、……俺のところへ、戻っておいで」

「でも、わたしは……、わたしがいたから、壮さんはあんなことに……」

「なにも心配はいらない。すべて片づいた。決着の見通しがつくまで、君になんの連絡もできなくてすまなかった。……まずは君を取り戻すために問題を片づけるのが条件だったので、必死だった」

壮の苦笑いは照れくさそうにも見える。黙って聞いていたハルが小さく噴き出し、心なしか睨まれていた。

すると壮は、左腕にかかえていたものを沙良に差し出したのである。

「君にプレゼントすると言っていた着物を持ってきた。早く見せたくて。……まあ、一番反応を知りたがっているのは母なんだが」

パーティーで着用した熨斗文様の振袖を、壮は沙良にプレゼントしてくれると言っていた。どちらにしようか悩んだ着物も一緒に、と言われたのは覚えているが……。

彼が差し出しているのは、そのどちらでもない。

「……でも、これは……まるで……」

純白の正絹緞子《どんす》に華やかな唐織の牡丹文様。

――これは、白無垢《しろむく》だ。

「俺は、これを着た君と並びたい。結婚しよう、沙良。君が隣にいて、俺はやっと自分の呼吸ができるんだ」

「壮さ……」

「君は？　俺と一緒に、呼吸をしてくれる？」

……これは、夢か……。

こんなすごいことがあってもいいのだろうか。

こんな幸せが、自分に訪れてもいいのだろうか。

心から求めた人が、心から沙良を求めてくれている。

「沙良？」

壮が微笑み、もう片方の腕を広げる。沙良は嗚咽を堪えながら彼の胸に飛びこんだ。

「はい……はい、壮さん……」

「沙良……、ありがとう」

壮は左腕でかかえた白無垢と一緒に、力いっぱい沙良を抱きしめる。

一拍置き、羨望のため息とともに、オフィス中が拍手喝采《はくしゅかっさい》に包まれた――。


オフィスのスタッフとハルに見送られ、沙良の帰国が決まった。

本当はすぐにでも日本に飛んで帰りたかったのだが、ロサンゼルスから日本へは飛行機で十一時間ほどかかる。

三週間ぶりに再会した二人が、十一時間も黙って座っていられるわけがない。

茶化すのではなく本気でそれを案じてくれたハルが、ビバリーヒルズの高級ホテルに部屋をとってくれた。

翌日午後の飛行機で帰国する予定なので、一晩、二人でゆっくりすごせることになったのである。

ロサンゼルスでも五つ星に認定されているこのホテルは、ビバリーヒルズの閑静な住宅街に建ち、ヨーロピアンスタイルの客室が人気だ。

さまざまなレストランやバー&カフェ、屋外プールやスパ、魅力的な施設が多く一日ではもったいない。

……なの、だが……。

施設が充実していようがいまいが、今の二人には関係ないのである。

お互いがいれば、それでいい。

「ちょ……壮さ……、壮さんっ……」

覆いかぶさる壮の背中を、沙良は笑いながらポンポンと叩く。ラグジュアリースイートに到着してすぐベッドルームに運ばれた沙良は、日本製よりも大きいと確信したキングベッドに壮とともに倒れこんだ。

……のはいいが、壮が沙良の首筋から喉にキスをしながら、いい勢いで服を脱がせはじめたのである。

それがまた余裕なんてありませんと言わんばかりの勢いで、沙良としては嬉しいやら困ってしまうやら。照れくさいやら……。

「お、落ち着いてくださいっ、わたし、逃げませんよ……きゃっ」

ブラウスを左右に開かれ、壮が胸の谷間で顔を動かす。ブラジャーの上から胸のふくらみを揉み回し、やっと顔を上げてくれた。

「この三週間あまり、沙良の感触が恋しくても耐えてきた……。目の前にして、我慢なんかできるはずがない」

切羽詰まっていますと言わんばかりの様子に、胸がきゅんっとなる。沙良もはにかんで応えた。

「わたしもです……」

壮に求めてもらえるのが嬉しくて泣きそうだ。唇が重なり、お互いの唇を貪りながら服を脱がせあう。

沙良も壮の服を脱がせていたのだが、トラウザーズで戸惑う。

スーツの上衣やワイシャツなどを脱がせたことはあっても、下はない。壮はいつも自分で脱いでくれていた。

そっと触れたフロントはかわいそうなくらいパンパンに張り詰めていて、恥ずかしいがこれはなんとかしてあげなくてはという気持ちにさせた。

沙良が意を決してトラウザーズに手をかけると、脱がせやすいようにか、壮が腰を浮かせてくれる。

「……ファスナー、壊れそうですよ……」

照れつつも、ゆっくりファスナーを下げる。なにも考えず下ろしたら本当に壊してしまいそう。照れもあって壮の顔を見られないでいると、ひたいにキスをされた。

「沙良に脱がされているんだと思うと、よけいに興奮する」

「そうですか?」

「我慢できなくなる」

「したことあるんですか?」

初めての夜から、壮はグイグイくる人だった。戸惑いでいっぱいの沙良を、その情熱と強引さで懐柔したのだ。

沙良の何気ない質問に、壮はニヤリと笑う。

「ないっ」

嬉しそうに言い、勢いよく身体を起こし、さっさと彼女を全裸にして姫抱きにするとベッドを跳び下りた。

「きゃぁっ!」

あまりにも勢いがよかったせいか、驚いて壮にしがみつく。トランポリンよろしく跳び下りた彼は、ハハハと笑いながら足を進める。

「壮さん、危ないです」

「すまない。嬉しくて勢いがつきすぎる。俺がまったく我慢できなくなる原因になっているもの、教えてやろう」

「原因？」

疑問に思いつつ、壮がバスルームへ入っていったことにわずかな焦りを感じる。浴室を覗いた彼は「ＯＫ」と呟き、沙良を下ろして自分も全裸になった。

「バスルームにならあるだろうと思った。おいで」

「え……あ、一緒に、ですか？」

「この格好で、一緒じゃなくてどうする」

「それは……そうですがっ……」

一緒に入浴は初めてなのだ。二晩共に過ごしたときだって、沙良が恥ずかしいと思ってくれていたのか入浴は別々だった。

仕事で数回、海外のホテルに泊まったことがある。バスルームはシャワーだけだったり、よくてユニットバスだった。

さすがに一流どころは違うようで、大きなバスタブとシャワーが別になっている。バスルーム自体が広く、香水のようないい香りが漂っていた。

シャワーを出した壮に立たされたのは、大きな鏡の前。ちょうどシャワーのお湯が降り注ぐ位置で、ぬるめのお湯が肌を流れていく。

鏡に映った壮が、トラウザーズを脱いだときに持ちこんだのか避妊具を施そうとしているのが見え、ここでするつもりなのを知ってドキドキしてきた。

「沙良……」

背後から回ってきた壮の両手が、沙良の身体を撫でまわす。肌を堪能するかのようにじっくりと撫で、ふたつのふくらみを裾野から持ち上げては大きく揉み回した。

「ぁっ……、壮さ、ンッ」

人差し指が頂を擦り、揉みこみながら掻き嬲る。乳頭から流れる刺激に、腰が揺れた。

「あ……ン、そこ……あっ」

待っていたといわんばかりに早々に勃ち上がる突起は、これでもかと指先にもてあそばれる。

「あんっ、ぁ……胸……」

「さわってもらえるのを待っていたみたいに……いい感度」

「ンッ、だって……あぁっ」

「ほら、前を見てごらん」

「え?」

見てごらんと顔を向けたところには、もちろん大きな鏡がある。両乳房を持ち上げられ、腰をひねって焦れ動いている沙良が映っていた。

「あ……」

その姿が妙にいやらしく感じて、意識して腰を伸ばす。胸から手を離した壮に、両手を鏡面に置かれた。

「かわいい顔をしているだろう？　このかわいい顔が、だんだんいやらしくなっていく。俺が、我慢できなくなるくらい」

「あっ……ンッ」

再び乳房を揉みしだかれ、もう片方の手が下半身を撫でていく。太腿を回り、内股から秘唇のあわいを割った彼の手は、熱く潤いはじめた秘裂を縦に擦った。

「あ……あぁ、やっ、ん……」

「どんどん濡れてくる。俺を感じてこんなになってるのに、我慢なんてできるはずがないだろう」

「あっ……ハァ、ぁっ、壮さんっ……擦らな……手……」

彼の手がにちゃにちゃと音をたてはじめる。シャワーがかかっているのでお湯の音だ、とは決して言えない淫猥《いんわい》なトーンだ。

乳房を左右交互に揉みしだき、壮は肩や背中に吸いつく。秘裂を擦っていた手は蜜口を擦り回し、したたる蜜を意識させるかのよう内腿に塗り広げる。

「あぁ、壮さ、ンッ、ダメェ……あぁん……」

背中に密着した壮が腰を擦りつけると、我慢する気のない彼自身が縦線を滑りこみ、前後に動いて挑発してきた。

――ここにいるよ。欲しい？

そう聞かれている錯覚に陥り、沙良は全身が粟立《あわだ》つ。

「壮さ……ぁン、やぁぁ……焦らさなっ……」

「ああ、イイ顔」

上ずった彼の声で、反射的に顔を上げる。そこには、頬を紅潮させ瞳を潤ませた沙良が、我慢できないと甘える姿が映し出されていた。

かわいくもあるのに艶っぽくて……、いやらしい……。

「そんな顔されたら、お願い聞かないわけにいかない」

「はぅっ……ぁあっ！」

焦れあがる淫路に、熱く膨張した塊がねじ込まれる。待ちかねた秘孔が、それを喰い締めた。

「きつっ……」

「壮……っさ、あぁぁ――！」

欲しかったものをやっともらえた蜜壺が、一気に沸騰する。先走った快感が軽く弾け、媚壁が蠕動《ぜんどう》した。

「そんなに、俺が欲しかった？」

「あ……ン、あっぁ、壮……さぁ……！」

挿入してすぐの反応が刺激的すぎたのか、壮は最初から激しく腰を振りたくる。水に濡れた肌同士がぶつかり合い、パシュンパシュンと必要以上に大きな音をたてた。

「教えて、沙良。……俺が、欲しかった？」

「あっ、ぅンッ……は、ぃ、欲し……ほしかった……壮さぁぁ……！」

恥ずかしいとか考える前に欲望が先に立つ。感情は快感に従い、貪欲なほど彼を欲した。

「壮さンッ……壮さんが……欲し……あぁっ……！」

「俺もだ……。沙良を感じたくて、狂ってしまいそうだった……」

壮の突き上げが強くて、身体が徐々に前へ追い詰められる。腕が肘まで鏡につくと、その手を壮に握られ、腰を大きく上下させ内壁を擦り上げられた。

「あぁぁ……壮さんっ……ダメェっ……ぇ、アンっ……！」

握られた手を下げられ、一緒に身体も下がっていく。膝がガクガク震え、崩れ落ちそうな身体を支えられながら四つん這いになった。

「膝、痛かったら、すまない」

「い……いい、です、そんな……あぁっあっ！」

壮の勢いは止まらず、熱く沸き立つ蜜窟を灼熱《しゃくねつ》の火杭が掻き荒らす。

爽やかな浴室の香りは、いつしかお互いを貪り合う雄と雌の香りでいっぱいになり、シャワーのお湯さえも冷たく感じるほど胎内が熱でいっぱいになる。

「壮さ……壮さぁ……んっ、ダメ、も……あっぁぁ……！」

首を左右に振り、快楽の挑発に耐えられなくなった身体を悶え動かす。

ふと目に入った鏡が獣のように求めあう淫らな二人の姿を映しだし、羞恥のゲージも官能のゲージも振り切れた。

「あぁ、壮さっ……そうさぁぁんっ……あっあっ――――！」

彼の名を口にしながら絶頂に身を任せた沙良に応えるよう、壮も薄い膜に己を爆《は》ぜさせた。

「さら……」

絶頂の余韻で動けない沙良の身体を起こし、片膝を立てて崩した胡坐《あぐら》の中に彼女を座らせる。

荒い吐息を収めきれないままに見つめ合い、唇を合わせた。

「愛してる……沙良」

「壮さん……」

「愛してるよ……。君という女性に出会えた素晴らしい縁と運命に、感謝したい」

恍惚とは違う感情が胸をいっぱいにし、瞳が潤む。

達する瞬間とんでもない幸せに襲われ、それを叫んで伝えたかったが壮の名前しか出てこなかった。

わかった。彼に伝えたい言葉……。

「愛してます……壮さん」

胸を埋める、幸せな気持ちをこめて。

エピローグ

帰国して、慌ただしい一週間が過ぎた。

日本に戻って一番驚いたのは、なんといっても壮の母親のことだった。

「帰りたくないーー！　結婚式までこっちにいたいわー、沙良さーん！」

終業後、壮の執務室で沙良に抱きつき、子どものように我が儘いっぱい首を振るのは……陽子である。

「駄目ですよ、陽子さん。毎回毎回、顔を見るたびに『一人息子のおまえがしっかりしないから、陽子がニューヨークに全然帰ってこない』とお父さんにブツブツ言われる俺の身になってください。やっとあの愚痴から解放されそうなんです。おとなしくニューヨークに帰ってくださいっ」

「壮さんの意地悪っ！　おかーさん泣くよ！」

――陽子が壮の母親だったなんて……。

聞いたときは、耳を疑ったどころの話ではなかった……。

心配性で過保護というイメージがあったので、勝手に神経質で厳しい母親を想像していたのだが……。

「でも、沙良さんがウエディングドレスを選ぶときは、一緒に選ばせてね」

沙良から離れても、陽子はガシッと彼女の両手を掴む。今日の陽子は品のいい単衣《ひとえ》の紬《つむぎ》。落ち葉の模様が秋らしく、こうして見ると立派な貴婦人に見える。

「はい、ぜひ。陽子さ……、あ、……お義母《かあ》さん……」

少々照れながらも沙良がそう口にすると、またもや陽子は抱きついた。

「――壮さんを、頼みますね。沙良さん……」

小さく囁かれたお願いは、……母親の声、だった。

生きづらい自分をかかえ、偽りながら呼吸していた息子を見守り続けた母親が、やっとその役目を終える。

共に手を取り合って呼吸ができる、沙良という相手を見つけたから……。

――驚いたことは、その他にもいろいろとあった。

沙良がいきなりロスへ連れていかれたのは、雄大の指示であったこと。

そしてその雄大に、壮はずいぶんといじめられたらしい。

とはいえ、壮の雄大を尊敬する気持ちは変わらず「あの人には敵《かな》わないな」と苦笑していた。

知佳は精神鑑定の経過観察中で病院にいるが、本人が自分の罪を認めているため、直接的な刑罰があるだろうとのこと。

一人の男性を愛しすぎてしまったゆえに、ゆがんでしまった愛情。ひとつ間違えば我が身だったかもしれないと思うと、沙良は知佳の更生を願わずにはいられない。

「そういえば、結局わたしは、クビではないんですよね？」

陽子を見送り二人で執務室へ戻ると、沙良は思いだしたように立ち止まる。壮も止まって首をかしげた。

「クビ？　どうして？　奥さん業に徹したい？」

「そうではなくて、壮さん、『秘書の条件は、俺に惚れないことだ』キリッ、って言ったじゃないですか」

かつての彼のセリフを、擬音つきで口にする。自分が言ったのを思いだしたらしく、壮はアハハと笑いだした。

「そういえば、そんなことも言ったな。あのときは、ここにあったものが気に喰わなくて、ちょっといじめたけど」

顔を近づけ沙良の眉間をツンッとつつく。帰国してから、壮の薦めもあって沙良は伊達メガネをしなくなった。

不安はあったが鉄壁秘書のイメージがすでについているせいか、誰一人としてメガネなしの沙良の雰囲気をからかう者はいなかった。かえって、柔らかい感じで話しかけやすくていいと好評だ。

「それに、沙良は俺に〝惚れた〟わけじゃないんだろう？」

「え？」

「愛してる、って、毎晩何回も言ってくれるし」

ポッと頬が温かくなる。やったな～とばかりに悪戯っぽく睨みつけ、沙良は壮のスーツの襟を両手で引っ張り、自分からキスをした。

「はい。愛してます」

壮がクスリと笑い、沙良を抱きしめる。

「愛してるよ。沙良」

幸せを紡ぐ唇が、愛しみあうよう、重なった。

あとがき

数年前に一度だけ、聖人君子たる男性をヒーローにした作品を書いたことがあります。

そのときに思ったのが、「もう二度と聖人君子なんかヒーローにしない！」でした。

だってですね……話が進まないんですよ……。

自分よりヒロインの気持ちを最重視しちゃうから、徹底的に守り庇護するばかりでなかなか手を出さない。いいムードになっても自制心働きまくりで色っぽいシーンにならない。

……ちょっとぉ……これ、ちがうでしょぉ――……。

何度も心の中で呟き、どこでこのいい人仮面を引っぺがしてやろうかとソワソワしながら書いた覚えがあります。


なのに……。

今回のヒーロー、性格の基盤が聖人君子です。

ただ、壮の場合は初めて執着できるほど好きになった女性が現れたことで、男としての部分は大起動してしまいましたが……。

サブで出てきた雄大さんとハルさんですが、実は私の既刊に登場しています。特にハルさんのキャラが好きで、いつかどこかでヒーローを張らせてあげたいと思うのですが実現するかは謎です。

今回も担当様にはとてもお世話になりました。八月刊ってお盆進行が挟まって大変なのに、いつもお気遣いくださり、ありがとうございます！（去年も八月刊でお世話になりました）ゴゴちゃん先生には初めてお世話になりました。人間的にも容姿的にも盛りまくったヒーローでしたが、とても素敵なヒーローとヒロインにしていただき、ありがとうございます！

本書に関わってくださった関係者の皆様、いつも励ましてくれる大好きな家族やお友だち、そして、この本をお手に取ってき出さった皆様に、最大級の感謝を。ありがとうございました。また、お会いできることを願って——。

心落ち着かない昨今、皆様の心が少しでも安らぎますように。

私のお仕事用メガネはハーフリム型です／玉紀 直

完璧CEOの溺愛シンデレラ　マジメで地味な秘書は恋愛対象外?!
キャラクターデザイン：ゴゴちゃん
■桐ケ谷壮■
■森城沙良■
ゴゴちゃん
先生の
キャラクター
デザイン♥

身代わり花嫁は社長《イケメン》に甘く籠絡される
Novel 玉紀 直
Illustration 氷堂れん
可愛すぎて
メチャクチャにしたい……!
ホテルの客室係の麻梨乃は、結婚を嫌がる花嫁の逃亡を手伝った責任を取り、一条寺蒼真の花嫁役を務めることに。有名企業の若社長で美貌の持ち主でもある蒼真がどうして花嫁に嫌がられたのか理解できない麻梨乃は、流されるまま彼に抱かれてしまう。「気持ちがいいなら素直に感じていろ」新生活が始まり、身代わりの自分を溺愛してくる蒼真に、とまどいつつもときめく麻梨乃。せめて本当の花嫁の代わりに彼を癒やそうと思うが…!?
好評発売中!